U0055181

醫探天下

之4

白色巨塔

趙奪 著

+HOSPITAL

目錄

CONTENTS

第一劑

人體最神秘的組織

大腦是人體內最神秘的組織，即使科技發達的今天，人們依舊無法將大腦內部組織研究透徹，所以大腦還是禁區。

李傑的手術風格可以用雷厲風行來形容，無論做什麼都非常有速度，即使面對脆弱的大腦，他依舊保持了開始時的迅捷。

這讓趙燁明白了什麼叫做差距，李傑不僅速度快，他獨創的顱內腫瘤清除方法也是獨一無二，膠質瘤的癌細胞呈「韭菜樣」增殖特徵，四處擴散，李傑的手法正是針對膠質瘤研究出來的，你怎麼長我就怎麼切，既切除乾淨又避免損傷多餘的腦組織。

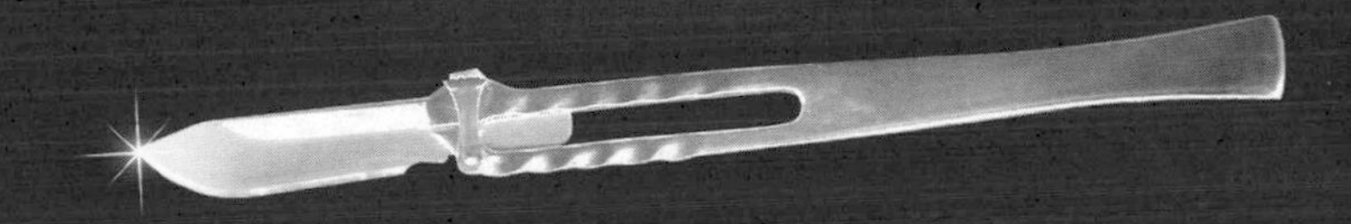

李傑在手術台上總能給人一種無所不能的感覺。這個有過無數女人的變態大叔總是讓人驚奇，外人很難想像女人怎麼會喜歡這樣一個沒相貌、沒品味的男人，可就是這樣一個男人讓許多女人著迷。李傑吸引女人的並不是相貌，而是他的自信，他的氣質，特別是站在手術台上的他幾乎無所不能！

「膠質瘤的癌細胞呈『韭菜樣』增殖特徵，手術切除腫瘤後，殘留的癌細胞會迅速增殖，極易復發。如果沒有把握從根本上控制腫瘤增殖，急著手術實際是亂捅『馬蜂窩』，反而會使腫瘤浸潤範圍增大、癌細胞惡性程度增高。」

「現在我們要把它切除乾淨，你看好了，我只給你演示一遍，注意看我的手腕手指，這是我自己研究出來的方法。動作不算複雜，我還沒有公佈，先教給你學學。」李傑在做手術的時候還不忘記給趙燁講課，他自始至終都沒有忘記這是演習，是重大手術之前的一個小插曲而已。

手術不是目的，教會趙燁才是李傑想要的。

趙燁點了點頭，睜大眼睛全神貫注地看著，突然開口問道：「我們幹嘛要把顱腦內的組織都切了？我們有抗癌藥物啊，能抑制癌細胞生長……」

「你能控制顱內感染麼？我們的藥物還不成熟，說白了還算不上藥物。只是一群能夠為我們控制的病毒，顱內感染太難控制了，如果我們弄點病毒進來，恐怕腦瘤還沒怎麼樣，感染就先要了他的命。」

「可是，我們還有時間研究啊……」

李傑不等趙燁說完就打斷了他的話，厲聲道：「好了，注意看！」

大腦是人體內最神秘的組織，即使科技發達的今天，人們依舊無法將大腦內部組織研究透徹，所以大腦還是禁區。

李傑的手術風格可以用雷厲風行來形容，無論做什麼都非常有速度，即使面對脆弱的大腦，他依舊保持了開始時的迅捷。

這讓趙燁明白了什麼叫做差距，李傑不僅速度快，他獨創的顱內腫瘤清除方法也是獨一無二，膠質瘤的癌細胞呈「韭菜樣」增殖特徵，四處擴散，李傑的手法正是針對膠質瘤研究出來的，你怎麼長我就怎麼切，既切除乾淨又避免損傷多餘的腦組織。

趙燁對李傑佩服不已，特別是他這套切除方法，針對性非常強，很有效。這樣的手術患者復發機率會小很多，如果再配合新的抗癌藥物進行治療……

「學會了吧？你來試試！」李傑將手術刀遞給趙燁，站到一邊。

趙燁毫不客氣地接過手術刀，學著李傑的樣子，不慌不忙地在患者顱內進行著與李傑相同的操作。

雖然趙燁的速度比李傑慢了不少，可也中規中矩，對於一個只看了一遍的人來說，趙燁已經非常不容易了。

同在手術室的李中華作爲第二助手也清楚地看到了李傑的操作，可是他看了幾遍都沒看懂，現在趙燁放慢了速度他還是看得模棱兩可，不得要領。此刻的他有些狼狽，因爲大量出汗的原因額頭有點蒼白，雙手在暗中不斷地比劃著，可就是不得要領！

李中華感覺自己好像當年剛剛跨入醫學門檻練習打手術結，看似簡單卻有無數的小技巧，無數的注意事項，沒有長時間的練習是不可能領悟要領的。

他看了看李傑，不明白這個年紀比自己小的傢伙是如何練就的這一手神乎其神的技術的。那雙手簡直不像人類，這麼複雜的操作居然可以做得那麼快，讓人眼花繚亂，更加可怕的是自己看都看不懂的手術方法竟然是他獨創的。

而眼前這個正在手術的實習醫生趙燁也不簡單，領悟能力驚人，李中華看了半天也沒學會的東西他竟然立刻就能上手。

此刻李中華才知道什麼叫做後生可畏，什麼叫做天外有天。長天大學附屬醫院不過是口枯井，而他不過是井底之蛙。

因為監控錄影並不是那麼清晰，再加上手術台上站了三個人阻擋了視線，坐在電視前觀看手術的醫生們並不能完全看清具體的操作。

可他們看到趙燁頂替李傑的位置時也不由發出感慨，幾位見多識廣的醫生憑藉模糊的影像也看出了手術中的許多不凡之處。

開始看手術時他們多半是興奮，現在多數人則是在感歎，差距太大了。

他們還記得曾經觀看的趙依依與李中華拚手術，那是李中華這個長天大學附屬醫院二十年來第一刀主刀的顱內腫瘤切除術，可那手術無論是難度還是術者的技術，比起眼前李傑這台手術根本不值一提。

那時李中華跟錢程組合還被人戲稱為最強組合，可比起眼前的李傑跟趙燁的手術組合簡直是個笑話。

擔得起最強組合的主刀醫生應該是李傑，這個被稱為醫聖的人。而第一助手……電視機前看直播的醫生們雖然不願承認，卻不約而同地選擇了趙燁這個實習醫生。

捫心自問，在手術台上，趙燁的確比他們強。

手術平穩地進行，這個被醫聖李傑當成實戰演習的手術給了他們太多震撼，在他們的驚歎中，手術依然在進行著。

這台手術讓趙燁學到了許多東西，名師才能出高徒，趙燁此刻算是明白了這句話。從手術結束的那一刻開始，趙燁就決定以後就跟在李傑身邊學習，當然是學習醫術不是跟他學習泡妞。

整個手術的過程波瀾不驚，長天大學附屬醫院的醫生們看得意猶未盡，甚至多數人都在感歎，如果手術中來點意外，然後由醫聖李傑力挽狂瀾，就像美國大片那樣完美了。

作爲主刀醫生，李傑可不想碰到意外，開顱手術不是普通的小手術，更不是電視作品裏那些隨便可以出現意外的手術。

顱內取腫瘤手術非常困難，任何意外都不允許，否則別說他是醫聖，就是大羅金仙也沒法力挽狂瀾。

手術結束以後，眾位醫生還在驚訝中沒有回過神來，唯獨趙依依這樣的被趙燁一次又一次震撼得麻木了的很快反應了過來。手術結束後她也沒去找李傑，她已經猜到趙燁與李傑關係不一般，想交李傑這個朋友她有的是機會，不用跟別人搶。

李傑走出手術室後，就跟著李中華跑到了腫瘤科主任辦公室，兩人有相同的愛好，喜歡抽煙，當然李傑平時更喜歡雪茄。

趙燁作為小輩，在手術室多等了幾分鐘才離開。這種手術結束後要等病人清醒才行。李中華跟李傑都算是趙燁的老師，這樣的小事於情於理都應該由趙燁來幹，況且趙燁也想知道患者術後的情況。

半個小時以後，趙燁離開手術室進了腫瘤科辦公室，待他進門以後，發現這裏煙霧繚繞，兩個大煙槍正在高興地聊天。

「你的手術真是讓我見識了什麼叫做頂尖水準，原來我只是個井底之蛙，慚愧啊！」李中華說。

「別這麼說，術業有專攻。我專注於外科手術，你專注於腫瘤方面的研究，說起治療腫瘤，我比你可差遠了，另外我帶來的易盛藥業的技術團隊在這裏進行臨床實驗，還要你費心啊。」李傑微笑著說。

一個三甲醫院的主任醫生在其他人眼裏或許高高在上，可在李傑眼裏卻算不上什麼，他這次是給足了李中華面子，其中有他們合作的因素，更有趙燁的因素在裏面。

李中華很高興李傑能這麼說，笑著點頭應承道：「這個自然，合作方面您不用擔心，我會盡全力。」

趙燁走進來自己倒了杯水，然後坐在沙發上大口大口地喝著，手術長達四個小時，最難以忍受的就是口渴。

趙燁這個實習醫生跟李中華主任算是亦師亦友，李傑在這裏他也沒有絲毫的拘束，當然無拘束不代表他沒規矩，他靜靜地看著兩個老師閒聊，只有問到他的時候他才回答，其他時間並不插嘴。

李傑又跟李中華寒暄了一陣，然後他們發現辦公室裏的人越來越多，這些人多半是衝著李傑來的。作爲大牌醫生李傑雖沒什麼架子，可也不喜歡被人當稀有動物圍觀，於是他找了個機會帶著趙燁悄悄地溜走了，卻將易成藥業那群研究員留下來跟長天大學附屬醫院的醫生們交流。

走出外科大樓後，李傑長舒了一口氣，對趙燁疑問道，「怎麼手術結束了那麼久才回來？」

「我不是想等病人醒了才走嗎？」

「你不信任我的技術？那患者十分鐘內肯定會醒。」

「那倒沒有，我是想看看能不能把我們最新的抗癌藥物用上。」

「你還是不信我嗎？算了，不說這些，這次手術你表現得還不錯，遠遠超出了我的預期。只是這手術難度還不夠，鄒舟那手術比這個難多了。」李傑欣慰的同時，又有些擔憂。

「如果你早點帶著我手術，我應該比現在厲害。為什麼你不早點帶我？那樣我實力強一點，還能多幫你些。」

「我之前教你的已經夠多了，如果你跟在我身邊，會有太多我的烙印，那樣的話，無論我怎麼教你，你都不可能超越我。」李傑淡然說道。

超越李傑？趙燁想都沒想過，能夠達到李傑這個程度他就心滿意足了，他不再是那個無知無畏的菜鳥，他明白李傑的實力有多麼驚人。

「難道你覺得我能超越你？需要多久呢？」

「你當然不可能超越我，我可是接近神的人！我只是覺得你跟其他人學習也許能學到點我不知道的東西，可以在手術台上彌補我的缺點。我雖然很接近神，但我現在還不是神，還是有缺點的。」李傑從來都是這樣，他驕傲、自信、甚至有些狂妄。

李傑潑涼水的功夫不是一般強，趙燁瞬間從超越醫聖的幻想中清醒過來，不過超越這兩個字卻永遠烙印在他的腦海中，誰都不是完美的，誰都不能保證永遠處於巔峰，超越是個困難的事，卻不是浮雲那般不可觸及。

「你也別氣餒，我算是第一，你當第二也不錯！走了，我們的實戰演習結束了，下一步是制定手術計畫，不過在這之前，還有一些事要做。」

「做什麼？我們現在連病人都沒看到，怎麼手術啊，是不是先讓鄒舟來我們醫院啊！」趙燁疑惑道。

「她在美國呢，美國的醫療環境比我們這裏好，她後天能飛回來。」

「美國？那她爲什麼不在美國手術？爲什麼非要選擇長天大學附屬醫院呢？我們這裏的設備雖然不錯，可國內比我們醫院強的也多如牛毛啊！」

「這台手術只能在長天大學附屬醫院完成。」李傑歎了口氣，「這裏有太多你不知道的事情了，等明天你就會知道了。」

手術只能在長天大學附屬醫院完成實在讓人難以理解，長天大學附屬醫院在本地算得上是最好的，可比起那些大醫院，長天大學附屬醫院卻沒什麼優勢。

趙燁本想再問問，可李傑卻擺了擺手，在趙燁耳邊說道：「那些事明天做，今天要不要跟我去糜爛一下？」

看到李傑猥瑣的笑容，趙燁拒絕了他的邀請，這猥瑣大叔肯定要去酒吧一類的地方消遣，趙燁沒有那工夫，也不喜歡那種地方。

趙燁的拒絕讓李傑感歎了好一陣，外科醫生賣的是技術，不是體力！大手術過後當然要消遣一下。

趙燁可沒他那種閒情逸致，剛剛的手術，收獲頗多的他打算回去再回味一下手術的方法，作爲實習醫生，熟練掌握技巧才是最重要的。

回到空了許久的出租小屋，趙燁先做了一些手術模擬練習，可不知怎麼越來越煩躁，心中總想著鄒舟的手術，以及李傑一定要在長天大學附屬醫院手術的怪異舉動。

他有些期待明天，手術迫在眉睫，明天答案自然會揭曉。同時趙燁也在期盼那手術，從第一天實習開始，他就在期盼著能站在手術台上，與李傑一起爲鄒舟做手術。

趙燁的鄰居只睡了一個月的安穩覺，這一個月裏他們甚至忘記了趙燁這個偶像派歌手鄰居的存在，然而這個早上，趙燁用他震撼的歌聲宣佈了他的回歸。

純偶像派歌手趙燁一邊穿衣服一邊哼著他的中醫歌賦，這次他是在背誦針灸穴位，以及針刺的順序。這是一個好習慣，對於趙燁的鄰居來說，這算是折磨也算是鬧鐘，這個鬧鐘讓他們知道應該起床了，不能再繼續蹺課了。

趙燁起床很早，在鄰居的抗議聲中跑到了長天大學附屬醫院，李傑昨天給他留下了太多懸念。他想知道長天大學附屬醫院到底有什麼特殊的，非要在這裏做手術。

這個問題一直困擾著趙燁，甚至昨天夜裏做夢的時候他還夢到李傑對他說：「因爲你這個助手太強了，只有你才能配合我完成這個手術……」

很美的夢，可惜不是真的。趙燁知道自己的手術水準不錯，在長天大學附屬醫院裏也算不錯的醫生，可如果不是李傑提攜，他還沒資格當人家的助手。

趙燁到了醫院的時候李傑也在醫院，並且很明顯他來得比趙燁早不少，這變態大叔昨夜在酒吧夜店裏糜爛了半個晚上，第二天卻依舊精力充沛。

這就是李傑的放鬆方法，放縱一夜竟然也算是休息。這是很多人想學都學不來的，也是讓人羨慕的方法。

趙燁看到李傑的時候，他正在吃包子，一邊吃還一邊發出嗞嗞的聲音，再加上他粗壯的身材不羈的穿著，很容易讓人誤以爲他是個民工。

看到趙燁來了，李傑用衣服擦了擦那雙油膩的雙手然後拉著趙燁說：「怎麼才來？等你半天了，走了，跟我去見個人。」

趙燁被李傑拉著走進手術專用電梯，李傑也不管醫院工人異樣的眼光，直接按下電梯按鈕。

「急手術！」李傑板著臉說，絲毫沒有因爲佔用手術電梯而感到羞恥。

管理電梯的都是醫院雇傭的勞務公司的工人，他們對醫生一般都不敢說什麼。雖然李傑看起來像民工，但身體強壯再加上一副兇惡的樣子，他只能乖乖地開啓電梯上樓。

早上醫院人多，都是買早餐的患者家屬以及上班的工人，普通電梯非常的擁擠。但是早上九點之前幾乎沒有手術，因此手術專用電梯非常閑，按照李傑的理論，反正沒手術，手術電梯空著也是浪費資源。

電梯停在ＩＣＵ病房，也就是重症監護病房，重症監護很容易理解，就是病情嚴重需要特殊監護的地方，這裏的患者多半都是有生命危險的，病房內堆著各種儀器，並且用電線以及管子連接到患者身上，看起來就像外星人一般。

這些患者多半昏迷，依靠現代醫療科技設備續命，或者說是用錢買命，因爲來這裏流逝的不僅僅是生命，還有金錢。

趙燁來過這裏幾次，都是做完手術後將患者送到這裏觀察的，他不喜歡這個充滿了死亡的味道、金錢的臭味的地方。

李傑無論到了哪裏都是一副坦然自若的樣子，繞過護士站後，李傑將目標鎖定在七號病房。

七號病房是個單間病房，這裏沒有複雜的器械也沒有各種各樣的管子，房間裏佈局簡

單，桌子上還有幾朵不知名的花，以及天藍色的窗簾讓人有種說不出的溫馨。

病床上躺著一位看不出年紀的男子，三十歲上下，他好像睡著了一般，根本看不出有任何疾病。

趙燁也弄不明白爲什麼這患者會住在重症監護病房，要知道這裏的住院費是全醫院最貴的，在這裏住院的多半都是公費醫療。像這樣的患者完全沒有必要住在這裏浪費錢，浪費醫療資源。

李傑坐在床邊摸了摸患者的脈搏，那是一隻細長的骨瘦如柴的手，蒼白而沒有一絲血色，然而也僅是消瘦而已，肌肉並沒有萎縮。趙燁不明白李傑爲什麼要帶他來這裏，病床上的患者即使不是醫生都能看得出這是個植物人，深深地沉睡著，沒有半點知覺。

「這個植物人怎麼會在ＩＣＵ病房？他是誰？我們爲什麼要來看他？」趙燁一連串問出了好幾個問題。

李傑握著植物人的手好一會兒，轉頭對趙燁說：「沒什麼，我只是想喚醒他，到時候你會知道一切。」

「喚醒植物人？這怎麼可能？」趙燁不相信自己的耳朵，植物人是大腦腦皮層功能嚴重損害，受害者處於不可逆的深昏迷狀態，喪失活動能力，但皮質下中樞可維持自主呼吸運動和心跳，處於此種狀態的患者稱爲「植物人」。說白了就是跟植物差不多，除了保留了一些本能的神經反射和進行物質及能量代謝能力外，認知能力包括對自己存在的認知力已完全喪失，無任何主動活動。

「糾正一下，他是一個大腦活動正常，沒有腦萎縮、沒有肌肉萎縮的正常人！完全可以喚醒他。」

趙燁雖然信任李傑，卻不是盲目崇拜的那種信任。他有些懷疑地問道：「你打算用什麼方法喚醒他？」

「很簡單，這傢伙只是缺少個童話般浪漫的吻，找個公主般漂亮的女人來，我看你那個叫趙依依的姐姐就不錯，不過你肯定會吃醋。」李傑壞笑道。

「我在跟你說正經的呢！」趙燁沒好氣地道。

「當然靠這個！」李傑變魔術似的從懷裏掏出一個盒子，裏面是一支裝滿藥物的注射器。

「這是什麼藥物？靠藥物能喚醒他？」

「主要是安非他命，還有一些其他東西在裏面。」李傑說著將藥物注射到患者的靜脈內，然後又掏出一包銀針道：「光用藥物當然不夠，還需要進行針灸，想知道如何喚醒植物

人麼？來學學吧！」

趙燁不認識床上的病人，更不知道李傑這東西效果如何，只是目瞪口呆地看著，完全忘記了要阻止他，只是感歎這變態大叔果然不是一般的變態。

李傑注射完藥物，隨後又取出銀針，在患者的風府、啞門兩個穴位螺旋進針，他進針很慢，也很反常地有些緊張，隨後又在人中、百會、腦清、血海、三陰交、陰陵泉等穴位進針。

趙燁突然想起江海的祖傳針灸圖譜上似乎有這套針灸方法，只是江海留下的東西太多。所以大多數他只是粗略地看了一遍，並沒有完全記住。

「即使喚醒也是暫時的吧，他能堅持多久？」趙燁努力回憶，終於想起這套針法並不是用來治療昏迷中的植物人，而是一種刺激人體發揮出最大潛力的方法。所謂的喚醒不過是暫時激發潛力，用西醫的話來說就是加強刺激，讓他分泌過多的激素以及讓神經感覺增強數倍，這可以讓他清醒，但用不了多久他還是會睡過去。

「沒錯，不過他醒了你可別告訴他真實的情況！」

就在二人說話的時候，躺在床上的患者動了，他開口的第一句話就是，「嗯，睡得真好，不過我餓了，給我弄點吃的。」

趙燁簡直不敢相信，一個沉睡了不知道多久的植物人就這麼醒了，同樣驚訝的還有李傑。這位大叔雖然從來都是自信滿滿，可這次他的確沒有太大的把握，病人的快速甦醒顯然超出了他的預料。

患者叫嚷了一會兒後，發現自己不是在家裏，他剛剛醒來頭腦有些不清醒，當他看到穿著白大褂的趙燁與李傑時才反應過來。

「我這是在哪家醫院？」

「長天大學附屬醫院，你還記得你的名字麼？」李傑問道。

患者聽到長天大學附屬醫院的時候顯然吃了一驚。但隨後他就恢復了正常，然後緩緩說道：「柳青！」

第二劑

昏睡二十年的名醫

長天大學裏一直流傳著這樣一個故事，二十年前在這個名不見經傳的小醫學院出現了一位天才外科醫生，他用手術刀震驚了整個醫療界，然而卻在二十年前離奇消失，只留下一套訓練方法以及些許錄影。

傳說只要能夠按照他的方法訓練，日後必定能重現那位神醫當年的輝煌！多數人都覺得這是騙人的，就好像大街上的乞丐拿著武林秘笈，十元錢一本，學了這功夫就天下無敵……

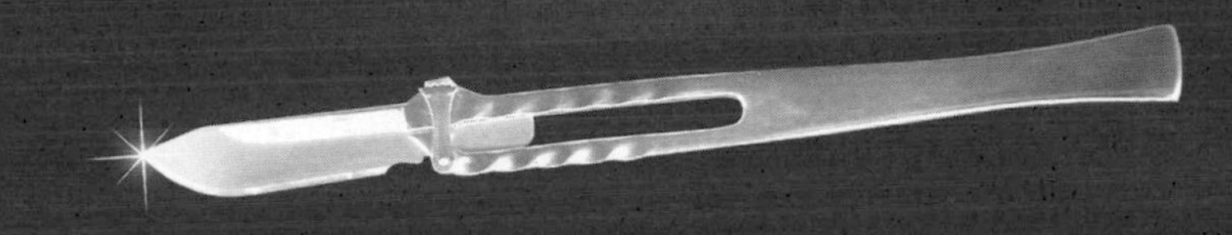

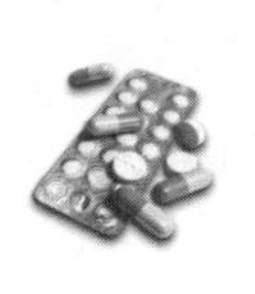

趙燁聽到這個名字猛地一震，柳青？他從上大學就開始看的手術錄影中那位主刀的名字也叫柳青，難道喚醒這個醫生是要給鄒舟做手術？可這個病人怎麼能上手術台呢？

柳青用他那蒼白的手將頭上的銀針拔掉，他看了看李傑又看了看趙燁，最後目光鎖定在李傑身上。

「我記得我是被人重擊了頭部，看來我睡了很久了，從前的長天大學附屬醫院不是這樣的。是你喚醒我的麼？你叫什麼？」

「李傑！」

「我聽說過你，擅長心胸外科的新秀醫生。哎，看樣子我睡了很久了，有鏡子麼？」

柳青是跟李傑同時代的人，二十年前兩人同時成名。不同的是柳青擅長神經外科手術，李傑的巔峰領域則是心胸外科，當然像他們這樣的傑出醫生涉獵很廣。那個時代的人總是將他們倆相互比較，因此柳青雖然沒見過李傑卻也知道他的名字。

柳青看著鏡子中那面色蒼白的消瘦面容很滿意，沉睡中的他並沒有留下太多歲月的痕跡。起碼他看起來比李傑年輕多了，他照鏡子其實就是爲了確定自己是不是跟李傑一樣一副變態大叔的模樣。

「我睡了多久？五年？十年？算了，還是先去吃飯，餓死我了！」柳青起身下床，卻感覺四肢無力身體有些發虛，於是又回到床上說：「你們幫我弄點吃的來，然後給我輸液，等滲液。我需要補充鉀、維生素……」

柳青根本沒把李傑當成醫聖，更無視趙燁的存在。如果是平時，以李傑的高傲或許不會理他，可今天的李傑硬是客串了護士去藥房配藥，而趙燁則很不情願地被當成小工派出去買便當。

柳青是個難伺候的主，他吃個外賣還挑三揀四，對於注射到自己身體的藥物更是要求嚴格，除了要求劑量，還規定了哪個廠家。

待兩人離去後，病房裏只剩下柳青一個人，他再次拿起桌上的鏡子，鏡子裏是一張蒼白得如奇幻故事裏吸血鬼般慘白的面孔。

昏睡了二十年的柳青並不傻，他坐在床上仔細觀察著這個有些陌生的世界，觀察著這個他曾經工作過的地方。

長天大學裏一直流傳著這樣一個故事，二十年前在這個名不見經傳的小醫學院出現了一位天才外科醫生，他用手術刀震驚了整個醫療界，然而卻在二十年前離奇消失，只留下一套訓練方法以及些許錄影。

傳說只要能夠按照他的方法訓練，日後必定能重現那位神醫當年的輝煌！多數人都覺得這是騙人的，就好像大街上的乞丐拿著武林秘笈，十元錢一本，學了這功夫就天下無敵……

柳青一邊輸液一邊吃著趙燁買來的東西，這讓他蒼白的臉色恢復了些許紅潤。趙燁站在病房裏看著這位神秘的醫生。

李中華被譽為長天大學附屬醫院二十年來第一刀，而二十年前的第一刀，自然就是這位柳青。

二十年前他與李傑雙星閃耀，從他留下的錄影中，趙燁能夠感覺到他那非同尋常的技術。

現在的柳青卻瘦得只剩下一副骨架，那蒼白的面孔、尖削的下巴、狂亂的頭髮頗有網上流行的非主流照片的味道。

柳青的眼神中滿是高傲，無論是對著李傑還是趙燁，總是一副盛氣凌人的樣子，即使李傑喚醒了他，給他買了吃的東西，他也沒有一句謝謝。

趙燁對柳青有種崇拜，那是他第一次看錄影時就有的感覺，所以他覺得柳青就是再傲一點也沒什麼大不了。

然而李傑不同，他在醫療界被人尊崇為醫聖，誰看見他不是客客氣氣的。雖然他平時跟趙燁總是開玩笑，可骨子裏他比誰都傲，特別是在同行面前，他絕對不承認自己是第二！

趙燁很怕李傑跟柳青兩個人會發生摩擦，但很快他就發現這擔心根本是多餘的，李傑一直面帶笑容地看著柳青。

柳青吃東西很文雅，即使在餓極的狀態下依舊吃得不疾不徐，但速度卻不慢，十幾分鐘就將趙燁買來的東西消滅乾淨。他擦了擦嘴巴道：「有衣服嗎？先給我弄一套，然後去買新衣服去。」

柳青真的很帥氣，在步行街買衣服的時候吸引了無數女人的目光，當然沒有人知道這個貌似三十歲左右的男人，實際上已經快五十歲了，更沒有人知道他就是當年大名鼎鼎的神醫柳青。

趙燁鬱悶地跟在柳青身後，他不知道李傑為什麼把這個人喚醒了卻什麼都不說，難道喚醒他就是為了給他吃東西，帶著他買衣服？

要知道眼前這個人只有一兩天的清醒時間，用不了多久，他的身體就適應了那個藥物，針灸激發出來的潛能也會消失殆盡。他買來的衣服或許只能穿一天，也許一天都不到！

柳青根本不管趙燁與李傑的想法，盡情地購物，並且不怕花錢。幾乎哪家店的東西貴就買哪家的，什麼好穿就買什麼。多虧了李傑有錢，否則一般人還真滿足不了這個有著變態購物欲的傢伙。

趙燁不知道李傑葫蘆裏賣的什麼藥，喚醒這個傢伙絕對不是讓他吃東西、逛街這麼簡單，可趙燁想問卻又無從開口，只能鬱悶地跟在後面擔心著鄒舟的手術。

轉了兩個小時後，柳青大包小包滿載而歸，他對這次購物很滿意，可對李傑和趙燁依然沒有一句謝謝。

「我感覺還沒吃飽，再去吃點東西。我記得有一家湘菜館不錯，不知道現在還開不開！」柳青拍著腦袋說道。

趙燁突然覺得很崩潰，他不明白李傑為什麼會跟著這個柳青亂折騰。

他拉著李傑低聲說道：「你到底要幹什麼？喚醒他難道是為了陪他玩？」

「嗯，他時間不多，讓他高興高興先……我們畢竟要求人家幫忙，你知道他是神經外科專家，有些問題我還弄不清楚，需要他幫忙！」李傑老臉一紅，低聲對趙燁說道。

「你也知道時間不多？還陪著他瘋，你不好意思開口，我去說！」趙燁不顧李傑的阻攔，直接走到柳青面前。

「飯也吃了，衣服也買了。我想再拐彎抹角也沒什麼意思了，我們喚醒你不是陪著你玩的，我們有個病人需要你幫忙！」

柳青整了整他那頭長髮，歎氣道：「你沒學過什麼叫做委婉麼？我剛剛清醒你就跟我談治病，真是不讓人好好過日子！什麼病晚上再說，我現在想去那家湘菜館。」

「不行，你先去幫我們處理病人，然後隨便你去哪裏都成！」趙燁絲毫不退讓。

「小傢伙還挺凶的。我好不容易醒過來，只有一兩天時間你都不讓我自由。好了，成交，我就先陪你去看病人，看完病人你就不要再糾纏我了，另外還要給我錢，李傑醫生沒意見吧？」柳青繞過趙燁，直接對李傑說道。

李傑點了點頭表示同意，趙燁突然覺得自己很殘忍，柳青只有一兩天的時間，他一直忽略了這一點，同時他以爲柳青並不知道他清醒的時間只有短短一兩天。

柳青這個神話般的人物再次出現在長天大學附屬醫院的時候，卻沒有人認出他，更沒有人知道這個神話般的醫生一直住在這所醫院，這些讓趙燁很奇怪，柳青是長天大學的驕傲，爲什麼沒有人願意提起他呢？

柳青似乎不喜歡長天大學附屬醫院這個他曾經工作過的地方，隨著李傑回到醫院以後，就一頭栽進辦公室裏不出來了。

他皺著眉頭看著擺在他面前的資料，鄒舟的病例、影像學檢測報告、化驗單等東西足足有幾百頁。

柳青皺著眉頭看了一頁又一頁，臉色越發凝重。

「看來我昏睡了二十年，這個世界變化太大了，我還以爲變化的只有摩天大樓和街上賓士的小汽車，沒想到李傑你竟然能把手術做到這個地步，我終於知道你爲什麼會不惜代價喚醒我了，你想要什麼？這個手術沒有我，你們也能完成。」

李傑遞給柳青一支雪茄緩緩開口道：「抽一支吧，我知道你喜歡這個，更知道你二十年前就能做到這些。」

「你是柳青，大名鼎鼎的神刀柳青，我知道你的一切。我知道喚醒你對你來說不公平，或許你想就此沉睡下去。但是我這個病人非救不可，我需要你的幫助，在某些方面我還是沒有把握，病人沒有時間等下去了。請原諒我未經你的同意而將你喚醒。」

「你的確很瞭解我，知道我會對這個手術感興趣，我不會拒絕，但我幫你完成手術以後，不要再來煩我。」柳青似乎很生氣，對李傑一點都不客氣。

李傑猜得很對，這手術之於柳青來說就像鴉片之於癮君子，那是一種無形的吸引，讓人欲罷不能。

李傑無奈地攤手說道：「這個當然，我知道你二十年前曾經研究過類似的手術，而且你還有了突破性的進展，可惜你沒來得及發表，現在這是你的機會。」

「大腦是上帝的領域，目前跨入這個領域門檻的只有你一個人！但是以後就不一定了，你現在不發表。就沒有人知道你才是第一個進入神之領域的人。」

「這個手術我需要你來制定手術計畫，特別是腦組織哪些可以動，哪些不可以動。具體操作我們來實施。作爲報答，我會將你的方法以你的名義發表。」

「我當然不會替你們做手術，另外我也不需要你幫我發表什麼！我只告訴你這台手術的具體方法，其他的無可奉告。另外針對這台手術的方法我只演示一遍，能不能看明白就是你們自己的事了。」柳青說著頭也不回地走了。

趙燁糊塗了，這兩個人是怎麼回事啊？一會兒像朋友，一會兒又變成了敵人，現在又弄得水火不容似的，好像李傑算計了他一樣。

李傑拍了拍趙燁的肩膀說道：「每個領域的頂尖人士都有些怪脾氣，你不用管他。我們這個手術還有部分難題沒有解決，解決這問題非他不可。」

「我在手術台上進行操作雖然到位，但是在對大腦的認知上我還不行，柳青則不同，他是天生的神經外科專家，都說人腦是上帝的領域，可他卻輕易地走進了這個領域。別問我是怎麼知道的，柳青這輩子做了許多手術，那些手術被命名爲柳氏手法，那手術只有他一個人

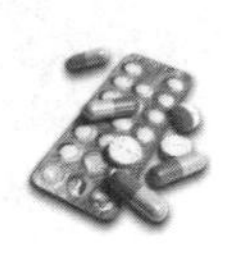

能做，我也不知道他是如何做到的。」

「我們需要他來制訂手術計畫，你知道鄒舟的手術要切除大部分腦組織，儘管我們竭力避免損傷正常的腦組織。可依然沒有辦法保證術後她能夠醒過來。所以我們需要柳青，有了他的幫忙，我們起碼能增加二成成功率！」

「那我們現在跟著他去學習？他連鄒舟的人都沒看見又怎麼能知道方法呢？」趙燁有些擔心地道。

「我說了別問我，柳青有他自己的方法，你跟著去就好了，千萬要學會了！」李傑語重心長地對趙燁道。

「我自己去？你難道不去麼？」趙燁問道。

「我可是李傑，李傑你懂麼？我會跟著他學習？你知道我爲什麼選擇你當助手嗎？就是要讓你跟著他去學，快點去。」李傑說著將趙燁趕出辦公室，然後靜靜地坐在老闆椅上，掏出一根雪茄，看著窗外的風景不知道在思考什麼。

日落西山，天邊一片晚霞，此刻正值下班高峰期，人們都忙著趕回溫馨的家，解除一身疲勞。

趙燁一路小跑追上柳青，正要問他要去哪裏，卻發現身邊陰風陣陣，竟然不知不覺跟著柳青來到了醫學院的解剖室。

「找個年輕、新鮮的標本，我來給你示範一次，記住就一次！」柳青慘白的面色與狂亂的頭髮在這種環境裏頗讓人膽寒，再加上他冷冷的聲音，簡直是吸血鬼的翻版。

屍體標本室寶貴的資源都是長天大學每年花大價錢購買來的。可那麼寶貴的東西在柳青眼中卻根本不算什麼。

趙燁沒法拒絕柳青。如果今天不能完成任務，李傑怕是會殺了他，於是趙燁假冒李傑的名義，打電話給趙依依讓她來幫忙找屍體。趙依依爽快地幫趙燁弄來了屍體標本，甚至還提出可以幫忙，趙燁看了看柳青，決定不用趙依依了，這柳青脾氣怪異，萬一他不僅是吸血鬼還是個色鬼，那可就不好辦了。

趙燁是解剖實驗室的常客，大學時光裏他多半時間都在這裏，管理解剖室的老師和他很熟悉，再加上趙燁最近幾個月在長天大學附屬醫院混得風生水起，甚至跟未來院長趙依依與醫聖李傑關係匪淺，因此在進入解剖室時他並沒有遇到太大的阻力，即使他帶著一個陌生人進入解剖室，管理老師都當做沒看見。

柳青始終一言不發，默默地看著趙燁做完這些事情，然後漠然地走進解剖室，站在那具

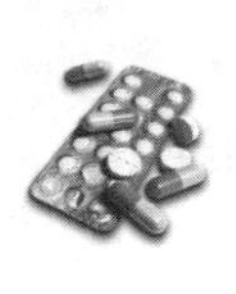

屍體前冷冷地說道：「看清楚了，只有一遍！你可以提出問題，但我不一定會回答你。」

趙燁有些受不了他的驕傲了，即使他有足夠的驕傲資本。所以趙燁在心中做出決定，絕對不會提出任何問題，看一遍如果還看不明白，那這麼多年的學習也算白學了。

屍體是一位年輕的女性，剛去世不久，按她的遺囑捐獻了遺體。進行解剖之前，趙燁與柳青不約而同地默哀三分鐘，並且鞠躬表示對遺體的尊重。

柳青鞠躬完畢之後，接過趙燁遞來的手術刀，深深地吸了一口氣，枯瘦且蒼白的細長手指，開始了讓人眼花繚亂的操作。

如果李傑的手術特點是迅捷而威猛，那麼柳青的刀則是飄逸而繁複。李傑喜歡一氣呵成，柳青則喜歡將點連成片，一步步進行。

然而這並不影響他的速度，比起李傑，他或許慢上幾分，但比起趙燁他卻要快上一些。趙燁看過柳青的錄影帶，卻怎麼也沒辦法將錄影中的人與眼前這個傢伙聯繫在一起。

兩個人的手術風格相差太大了，甚至讓趙燁覺得那錄影是假的……

屍體解剖不用像在手術台一樣，很多步驟都可以忽略，畢竟這不是活人，例如頭皮切開時不用上止血夾，電鑽打開顱骨時也不用那麼小心。

這些簡單的事情柳青懶得做，於是叫上趙燁一起來幫忙。事實上柳青根本看不起趙燁，他是個眼高於頂的人，除了與他齊名的李傑他幾乎不會正眼看任何醫生，更別說趙燁這個年輕的實習醫生了。

趙燁此刻正在思考自己看的那些手術錄影中的主刀醫生如果不是柳青，那麼到底是誰，柳青喊了兀自出神的趙燁兩次，趙燁才反應過來。

匆忙拿起手術刀，按照柳青的吩咐切開大部分頭皮，然後分離帽狀腱膜與顱骨。平時可以走神，但拿起手術刀的趙燁從來不會分心。

即使面對的是屍體，趙燁依然如在手術台上般小心，每一次切割與分離都顯示出他非凡的實力。

柳青看到趙燁執刀的動作時就有些奇怪，當看到他下第一刀時不由得心頭一震，隨著趙燁一步步操作，柳青的眼睛始終沒有離開趙燁的手術刀。

「你拿手術刀的動作，以及手術的操作，都不是教科書上的標準動作！你是跟著哪個老師學的？還是你沒注意聽講自己亂琢磨的？」柳青不動聲色地問道。

「自學成才！確切地說是看錄影學的，是不是標準動作我不知道，但我做的手術絕對是標準的手術！」

「你倒是比我年輕時還狂妄！」柳青說著在解剖室裏找到一本書，然後拿起手術刀，

「看好了，一、四、三、五、八頁！」

柳青每數一個數字就劃出一刀，然後他打開書頁，第一刀只劃破了第一頁，第二頁沒有絲毫損傷，第二刀也是如此，劃破了四頁紙，第五頁毫髮無損……

「你怎麼也會這個？我還以爲只有我會練這種無聊的東西，難道那錄影上的主刀醫生真是你，可是你們倆的手術風格完全不同啊！」趙燁吃驚地說道。

柳青放下被劃破的書與手術刀對趙燁說道：「那是我年輕時的錄影，應該是大學四年級的時候吧！後來我的技術成熟了，風格也改變了很多，而且現在的我畢竟沉睡了二十年，身體與那個時候也不一樣，所以會有這麼多改變。」

「沒想到我那時惡作劇般留下的錄影與訓練方法還真有人相信。你竟然連我手術的動作都模仿，你可知道我那時手不是很穩，才故意做出那樣的持刀動作，防止手抖……」

「你也不做個說明，我第一次看錄影的時候還是大一，連手術室都沒進過，手術器械也只認識手術刀……」趙燁有些委屈地道。

他一直以爲自己的持刀動作是最優雅的，可沒想到竟然是個病態的動作。

「沒關係，以後你這動作就命名爲柳氏持刀，這麼持刀在開顱手術時可以避免手抖。算了不說這些，我讓你見識一下真正的柳氏開顱術，讓你看看我柳青真正的手術技術！」

柳青對趙燁突然好感激增，他知道自己上了李傑的當。李傑分明知道趙燁就是他柳青的傳人，雖然趙燁是自學的，沒跟在柳青身邊。

李傑太瞭解柳青了，他算計得精確無誤。柳青過於高傲，那份高傲讓他看不起任何人，同時也讓他非常注重名聲。

柳青在二十年前就對開顱手術的研究領先全世界，時至今日也沒人能超過他，對此柳青非常自豪，可他的研究只有少數人知道，因爲他還沒來得及在國際權威雜誌上發表論文就發生了意外，那份研究便隨著他一起沉睡了。

李傑想要他的手術方法，可他知道，經歷了太多事情的柳青不一定肯把方法毫無保留地教給他，因此他派出了趙燁。

趙燁說到底算是柳青的傳人，如果柳青想把他的方法公佈，只能給趙燁。李傑猜得很對，柳青看到趙燁的手術技法很高興，原本他打算只把手術的方法告訴趙燁，可現在他卻打算將原理也說出來，讓趙燁學會他獨有的柳氏開顱法。

就因爲趙燁用的是他柳青的技術，他打算將自己研究的開顱手術法在趙燁這裏傳承下去，否則他柳青只能埋沒在歷史長河中，沒有人會記得他的名字，這一點他同江海的願望相似。

「看清楚了，學會以後我希望你能把這種方法公佈在國外的雜誌上，署名我希望你能用我的名字……」

柳青不等趙燁回答就開始了手術，大腦一直被譽爲神的領域，大腦組織之間的分界線極不明顯，在無影燈的聚焦下依然呈現出灰濛濛一片，根本看不出什麼。然而在柳青的眼中卻界線分明，他用手術刀的尖部做指針對趙燁解釋：「看清楚這裏，對腦組織的分解不能用常規的方法，你聽好我的方法，不要看眼前的這些溝溝回回，我們要以神經爲單位分離……」

趙燁在學校雖然算不上高材生，卻也不是那種不學無術之輩。他平時也看一些醫學雜誌，學習最新的理論，可柳青這套他聽都沒聽過的方法著實讓他震驚。

在柳青的手術刀下，腦組織變得清晰起來，棱角分明，他將大腦按照功能分類，將神經分爲有效神經與無效神經，並且根據這些分類以及患者的病情來進行手術。

柳青在給趙燁講解的同時，手上的動作也沒有停止，他分離了大腦中一個又一個功能區，柳青那雙手就是上帝之手，在手術的禁區裏遊刃有餘。

趙燁用敬畏的眼神看著柳青的雙手，隨後這敬畏變成了興奮，當他窺到其中奧妙時，雙手便忍不住在胸前慢慢移動，開始幻想自己在手術台上，眼前躺著病人，開始模擬手術。

「哦，學得挺快，你似乎看明白了，來試試吧！這個區域是控制語言的，盡最大努力保證患者的語言功能，並且切除多餘的部分。」

趙燁下刀的那一刻，柳青就知道他的確學會了，知道了他是個聰明的孩子，是又一個進入手術禁區的人。

柳青慘白的面容因爲興奮而變得紅潤，他用手撥了撥擋住眼睛的額頭上的髮絲，目不轉睛地盯著趙燁手中的手術刀。

兩人的討論從開顱手術中神經細胞的分離判定開始，逐漸延伸到各個開顱手術中的技巧，柳青算是經驗豐富的頂尖神經外科專家，趙燁當然無法與之相提並論，可畢竟柳青沉睡了二十年。

藉著眼前這具年輕女性的屍體，李傑與柳青一邊討論一邊動手演示手術操作，從開顱手術到心臟手術，再到肝膽等一般外科手術，兩人似乎有討論不完的話題。

在討論完一個無疤痕縫合方法後，趙燁習慣性地看了看時間，這一看不要緊，竟然已經凌晨三點了，不知不覺一個晚上快要過去了，兩人在解剖室與屍體度過了一個晚上，雖然他們不害怕什麼鬼怪，更不害怕屍體，可仔細想想還是頭皮發麻。

「天快亮了吧！」柳青注意到趙燁剛剛看錶的動作。

「三點了，還有一會兒天就亮了！」

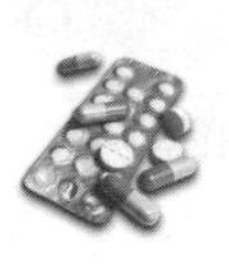

「我們一起去看日出吧，我知道有個地方很不錯，估計還有一個小時太陽就出來了。」

趙燁點了點頭，這一夜他收獲很大，雖然柳青的教學方法是填鴨式的一股腦地塞給趙燁，根本不給他時間消化，但兩人都明白，柳青的時間不多了，現在是能填多少就填多少。

柳青昨天不僅買了一堆衣服，還在李傑那裏弄了一輛車，兩人就翻出解剖室的牆，駕車絕塵而去，猶如兩個鬼魅，多虧凌晨三點沒有人無聊到解剖室附近看風景，否則絕對嚇個半死。

柳青心情不錯，不再是昨日那副冰冷的面孔，開著車在無人的街道上一路狂飆，風馳電掣。

此時趙燁的臉比柳青還白，因爲恐懼，柳青開車太過瘋狂，此時時速已經超過了二百公里，隨便撞到點什麼，一秒鐘之內兩人就能上西天了，並且毫無痛楚。

「人生得意須盡歡，莫使金樽空對月。可惜我們沒有酒，要不然痛飲幾杯當屬人生一大樂事！」

「酒我們可以去弄，但是你先把車開慢點，我有點兒頭暈！」

柳青看了看趙燁蒼白的臉，這才放慢車速笑了笑說道：「我開快車開習慣了，以前還在醫院上班的時候，我經常凌晨兩點左右回家，養成了夜裏開快車的習慣。」

「是壓力太大麼？還是爲了尋找刺激？」趙燁問。

「都有吧，當時年輕，爲了練手術每天沒日沒夜地在醫院裏尋找機會，爲了讓家裏人安心，我還要夜裏開車回家，這讓他們醒來就能看到我，我就可以告訴他們我昨天夜裏睡得很好。」

柳青一直笑著，可趙燁心裏卻十分苦澀，這位曾經名震四方的天才醫生承受了太多。想想自己不也是麼？爲了練習手術，每天都拿著手術刀切切砍砍，多少次手都磨起了水泡，多少次被人嘲笑……

表面光鮮、榮耀的人在背後總是吃了更多苦，特別是那些看起來很天才的人，其實他們流的汗水比誰都多。

汽車停在一座不知名的山下，柳青本來說要去買酒，最後卻放棄了這個打擾別人清夢的想法。

柳青指著雜草叢生的山頂說：「這山頂能看到全市的風景，可謂會當凌絕頂，一覽眾山小。來吧，看我們倆誰先上去！」

趙燁說：「好啊，我先跑一步了！」剛說完就邁開步子向前衝去。

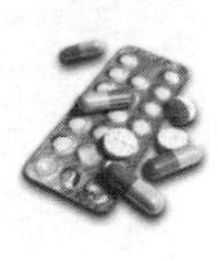

柳青也毫不示弱，緊跟在趙燁後面，這一老一少兩個人就像兩個瘋子一般衝向山頂。這山不高也不陡峭，可爬山畢竟是項體力活，兩人一夜未眠，柳青更是剛從植物人狀態恢復，跑了一會兒就不行了，可他還在堅持。

趙燁在實習以後就很少運動了，肚子上都開始滋生贅肉，登山讓他氣喘吁吁，一路上都在咬牙堅持，只覺得口乾舌燥、肺如火燒。回頭看看柳青也比他好不了多少，那速度像在爬一樣。

趙燁停下腳步，扶著腳步虛浮的柳青說：「不行了，我認輸，我們慢慢走上去吧。時間還早，估計還有一會兒才能天亮。」

「哎，老了，年輕的時候體力好，可以一口氣爬上山，站手術台可以一天一夜不休息，現在不行了。」柳青言語中滿是淒涼。

「對不起，其實我們不應該就這麼喚醒你，讓你只有這麼短的時間，對你太不公平了！」趙燁懊悔道。

柳青拍了拍趙燁的肩膀說：「別說這種話，原本我挺恨你跟李傑那混蛋的，特別是李傑，他明顯是在算計我！不管我死活讓我幫他救命，但現在想想我能醒過來也很幸運，我甚至都不知道你們用了什麼方法把我弄醒的。」

「這些都不重要了，重要的是我能看到你這個小子，很不錯的小傢伙，我沒想到我柳青的柳氏手術法也能有人傳承，而且還這麼合我的胃口。我真要謝謝你！」

「您千萬別這麼說，我應該謝謝您才對。您好不容易清醒過來，我卻還讓您來幫忙做手術，讓您把最寶貴的時間花在完全與您不相干的事上，是我太自私了。」趙燁的確在懊悔，柳青或許只能清醒一天，最多不過兩天時間。

趙燁完全沒有考慮柳青的感受，只想著救人命。在生命的最後兩天，柳青一定有很多事情想要做，例如看看家人，或者做點什麼完成最後的心願。

可現在呢？柳青爲了不相干的人忙了一個下午，又跟著趙燁討論手術弄了一個晚上。生命中最寶貴的一天，也是最後的一天，就這麼過去了。

趙燁對此深深懊悔，如果再給他一次機會，或許他不會喚醒柳青。

柳青只是笑了笑，表現出一副不在乎的樣子道：「別自責了，這是我的選擇，也是醫生的命運。我這輩子選擇了當醫生，就一輩子是醫生，哪怕在生命的最後一刻遇到病人，我也要救。都說好醫生應該下地獄，我也快了！」

兩人慢慢爬到山頂上，這裏滿是雜草，罕有人至，趙燁收拾出一塊乾淨的地方扶著柳青坐下，自己坐在他身邊。

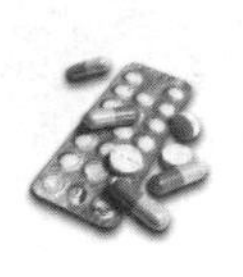

柳青只是被強行啓動，用藥物以及針灸術激發了身體的潛能而已，現在他身體的活力正在慢慢消退，正在適應藥物。

現在的柳青身體虛弱，臉色愈發蒼白，坐在大石頭上呼呼地喘著氣，然而他臉上始終帶著笑容。

黎明前的夜是最黑暗的，星光暗淡，月色迷離，山頂的寒風呼嘯著帶走了他們身上的最後一絲熱氣。

南方的冬天不冷，甚至讓趙燁這個北方人都忘記了還有冬天這個季節，這個黎明提醒了趙燁，寒冬將至。

「你想聽我的故事麼？」柳青眺望著遠方黑暗的天際說道。

趙燁點了點頭，坐在柳青的身邊，擺出一副認真的樣子。

「事情還要從我畢業時說起，那時大學難考啊，畢業後的我們都覺得自己是天之驕子，想要幹點事業。」

「我更是如此，考大學的時候我原本是要上協和醫科大學的，可我落榜了，來到了長天大學。」

「開始的時候我很低落，然而男兒知恥而後勇，我開始拚命學習、拚命練習。那時我什麼都不會，就是瞎琢磨，其實你練習的那些東西，就是我當時琢磨出來的。」

「你這些東西可真怪異啊，也就我一個人肯學，其他人最多堅持一個禮拜。」

「我堅持了五年！到了臨床上我更加拚命，正如剛剛跟你說的，我每天都在醫院尋找上手術台的機會，醫院裏甚至戲言，哪裏有手術，哪裏就有我柳青的身影。」

「我在醫院裏用了四年時間確立了自己的名聲，年輕一代能夠跟我相提並論的也就只有李傑了，可他比我大好幾歲。其他跟我一起畢業的學生，那時候也就是個主治醫師。」

「您真是太厲害了，僅用四年就聲名遠播了。」趙燁一臉的崇拜，他甚至開始計算自己要幾年才能聲名遠播。

「當時我也這麼覺得，哈哈！年輕氣盛，我做了很多手術證明自己，又發表了許多論文來打響自己的名聲，當時我沒覺得這有什麼，可我卻得罪了很多人。」

「得罪了人？難道你去搶別人的手術了？或者你晉升得太快有人眼紅？」

「差不多吧，我那時看不起別人，再加上我名聲太大，患者家屬都要求我來手術，這得罪了很多人……」

「在我最後一次手術的時候，有人煽動患者家屬，說我爲了論文在患者身上做試驗。一群不明真相的患者家屬衝了進來，我被打倒在地，等我再次醒來就這樣了。那時我太天真了，已經有護士告訴過我，說有人要對我不利，傳我謠言，可我當時卻堅信清者自清……」

柳青很平靜，最後甚至在自嘲當年的愚蠢，可趙燁聽著卻很傷心，一個前途無量的天才醫生竟然就這麼毀滅了。

「您放心，我去給您報仇！」

「別傻了，都這麼多年了，再說當時那麼混亂，你找誰去啊。那個煽動鬧事的醫生估計早就隱姓埋名溜了，你就算去醫院查也查不出什麼，我估計醫院早就把我的名字抹去了，這種事情他們不會留下記錄的。他們之所以還把我留在醫院裏當一棵蘿蔔養，估計就是以此為條件封住我家人和朋友的嘴。原本我還想去尋找我的家人跟朋友，可仔細想想，其實我也沒什麼家人了，更沒有什麼朋友。我母親在我出事之前就走了，了無牽掛，這也算是一種幸運吧！」

趙燁突然覺得很難受，柳青過得實在太苦了，難道真的是天妒英才，非要毀了這個天才醫生不可？

第三劑

史上少有的手術

原本鄒夢嫻不想動刀，手術刀在她的印象中是個可怕的東西，只要一想到妹妹那嬌弱的身體被手術刀切開的樣子，她就害怕。

她聽說過李傑的名號，他是大名鼎鼎的醫聖，唯一有把握救治鄒舟的醫生，因此鄒夢嫻將全部希望都放在李傑身上。

鄒夢嫻害怕手術，可她還不知道，鄒舟的手術是手術中最難的開顱手術，更是神經外科歷史上少有的手術。

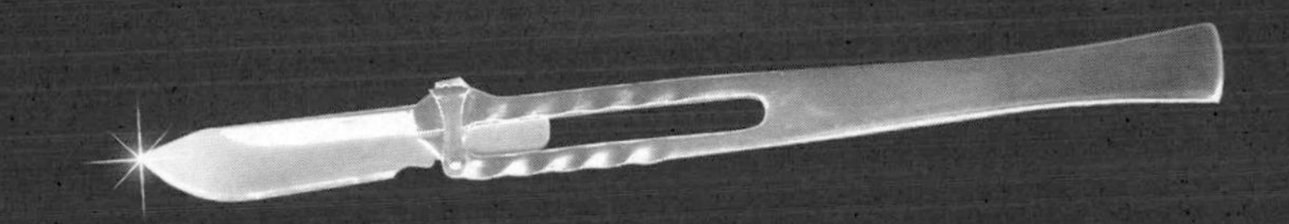

二十年前的理論在二十年後依舊是頂尖的，柳青在神經外科領域的確無人匹敵，李傑曾經對別人說過，他很慶幸他選擇了心胸外科，如果在神經外科與柳青對比，恐怕要被比下去了。雖然這裏有謙虛的成分，但不可否認柳青的確是少有的天才醫生。

看著那張帶著微笑的蒼白面容，趙燁不知道該如何安慰他，更不知道應該說些什麼好，他能做的就是默默地陪在柳青身邊。

幾分鐘之後，站在這不知名的山頭，北臨煙波浩瀚的長江，側首東望，天地混沌一片。眨眼間，魚肚白漸出，相繼霞光如矢，七彩交錯，萬紫千紅。

少頃，一輪紅日突然從江中湧出，冉冉上升，漸漸地離開了輕紗繚繞的水面，慢慢由殷紅變成金黃，千萬根金針射出，江面粼粼金波，周圍萬物頓時披上了金黃的晨縷。江水浴日，金輪蕩漾，美不勝收。

柳青迎著清晨的第一縷陽光露出了會心的笑容，蒼白的臉上彷彿有了一絲血色，他站起來張開雙臂，彷彿要擁抱朝陽。

「真是沒想到，我們這裏還有這種可以看日出的地方！」趙燁感歎道。

「你不知道的東西多著呢，好了走了，也是我們分別的時候了。很高興我能從二十年前那場噩夢中醒過來，更高興能幸運地遇到你。」

「你要去哪裏？難道不回醫院麼，你別衝動，你放心，我會弄到藥把你再次喚醒，我保證下一次不會只有短短的幾天，下次喚醒你將是永遠！」

「你不用擔心我了，無論多麼黑暗，總是要迎來黎明的，年輕時我經常來這裏看日出，就這樣告誡自己。」

「你放心，我不會去做什麼尋仇的傻事，我估計我還有一天時間，我想自己一個人走走，那車我就先徵用了，就當我爲李傑手術出謀劃策的報酬吧。」

柳青就這麼離開了。

趙燁安慰自己，柳青那麼神奇，肯定有辦法讓自己保持清醒，而不會再變回植物人。

晨風輕拂，柳絮飛揚。

趙燁就這樣望著柳青離開的方向，許久之後，他才想起來，今天是鄒舟回來手術的日子。醫院裏少了一個重要的病人，卻又迎來了一台重要的手術，長天大學附屬醫院註定不會平靜。

李傑看著孤單一人徒步回來的趙燁，面無表情地問道：「走了？」

「走了！」趙燁有些傷感地回答。

「我就知道他一定會離開，他是個清高的人，這裏給他的傷痛太多了！」李傑歎氣道。

「我們是不是太自私了，如果不喚醒他，我們這個手術也可以做，可現在卻斷了他的生機。為了提高成功率卻斷送了他一條命，對他太不公平了。」

「我們似乎真的做錯了，我沒想到他會如此決絕。」李傑歎了一口氣，顯然也有些後悔：「事已至此，也無法挽回了，我們只能期望柳青能夠再次創造奇蹟。現在我要去機場接鄒甪，飛機馬上就到了。」

「我也去！」趙燁說。

李傑擺了擺手道：「你不能去，你現在要去ＩＣＵ病房，找一位姓韓的護士，告訴她柳青的情況，這位護士照看了柳青二十年。」

長天大學附屬醫院裏每天進進出出的病人無數，誰也不會在意某個病人是不是提前出院了，事實上，提前出院的病人或者半路跑回家的病人有很多。

柳青這個沉睡了二十多年的老傢伙一直都沒有病床醫生，他的消失只有那位姓韓的護士知道。

護士叫韓霜，四十上下的年紀，歲月沒有在她身上留下過多的痕跡，除了眼角有些不易察覺的皺紋。

趙燁看到韓霜的時候，她正在柳青原來的病房中，柳青的離去讓她無法承受，這讓趙燁更加後悔。

韓霜說話的聲音很柔，其中又夾雜著一絲幽怨。她看了看趙燁，和李傑一樣只簡單地問道：「他走了？」

「走了，我想他會回來的，你別擔心。」趙燁很少說謊，這次他卻不得不說謊。

「他不會回來了，柳青恨透了這裏，恨透了這群虛僞的傢伙，這群混蛋嫉妒柳青的能力，他們爭不過柳青就用陰謀詭計……」

韓霜有些激動，趙燁不知道應該如何安慰她，韓霜不停地說著。

趙燁聽了半天大概聽明白了，是個姓魏的醫生陷害了柳青，那群所謂的家屬其實多半是流氓假扮的。

如今姓魏的醫生早已經離開了這家醫院，似乎是去國外定居了，而醫院的領導以及員警因爲沒有證據，又考慮到自己的名聲，只賠了柳青一筆錢，極力壓住了這件事。

魏姓醫生，趙燁沒聽過哪位名醫姓魏，想來那醫生也是默默無聞，趙燁卻記住了這個醫生。

趙燁想起柳青孤單的背影不由得一陣心酸，或許柳青早就知道一切，可他卻輕描淡寫地面對著仇恨。

趙燁安慰了韓霜一會兒，待她冷靜下來之後才離開。這件事給這位護士打擊很大，她照顧了柳青二十年，其中的情誼是無法形容的，可柳青醒來卻一句話都沒有就走了。

整個醫院還記得柳青的人不多，韓霜算是一個，整個醫院真正關心柳青的人更少，韓霜也是其中之一。

鄒夢嫻帶著私人保鏢、傭人等從美國直飛回國，她沒有回家，更沒有參加什麼活動，而是直接趕往長天大學附屬醫院。

對她來說，這只是個鄉下小地方，三甲醫院的名號雖響亮，她卻根本瞧不上眼，如果不是李傑極力要求，恐怕她也不會讓自己唯一的妹妹在這裏進行手術。

想起鄒舟，這位大明星就一陣心酸。妹妹是她現在唯一的親人了，在事業上無比成功的她有很多遺憾，其中最大的就是親人相繼離她而去，如今唯一的親妹妹也病重了。

她是懼怕手術的，她帶著妹妹詢問了無數國外名醫，可只有李傑這一個醫生說她妹妹還有希望。

原本鄒夢嫻不想動刀，手術刀在她的印象中是個可怕的東西，只要一想到妹妹那嬌弱的身體被手術刀切開的樣子，她就害怕。

她聽說過李傑的名號，他是大名鼎鼎的醫聖，唯一有把握救治鄒舟的醫生，因此鄒夢嫻將全部希望都放在李傑身上。

鄒夢嫻害怕手術，可她還不知道，鄒舟的手術是手術中最難的開顱手術，更是神經外科歷史上少有的手術。

這個手術需要切除大部分腦組織，術後鄒舟活下來的機率只有三分之一，在這很小的成活機率中，鄒舟又有很大的機率變成植物人，甚至腦死亡，永遠不會醒來。

帶著遮住半邊臉的蛤蟆鏡，鄒夢嫻領著鄒舟上了李傑專門為她們準備的汽車，見到李傑的第一句話就是關於手術的。

「準備得怎麼樣？難道我們一定要在這裏進行手術麼？我實在信不過那個小醫院！」

李傑有些無語。長天大學附屬醫院算不上小，實力也算是中上游，當然跟國外那些頂尖醫院比不了。

可手術需要的設備該有的也都有，鄒舟的手術完全可以在這裏做。原本他將手術安排在這裏完全是因為柳青，李傑原本計畫讓柳青看一看鄒舟，因為只看影像學的那些CT、

ＭＲＩ片子，怎麼都是有局限性的。

他萬萬沒想到柳青竟然就這麼離開了，還好有趙燁在，雖然趙燁比不了柳青，可至少他得到了柳青的真傳……

趙燁的學習能力李傑見識過，他很放心，雖然一夜學不到那麼多東西，可對這個手術足夠了，讓趙燁當助手，即使沒有柳青幫忙，李傑也有把握完成這個手術。

鄒舟的病情比前幾個月加重了許多，不停地頭暈嘔吐，美麗的俏臉越發蒼白。她因爲疾病的關係變得神情冷漠，喜歡睡覺。

李傑早就安排好了病房，因爲鄒夢嫻是公眾人物不方便露面，所以這次病房安排得很隱秘。

李傑醫聖的名頭雖然響亮，可鄒夢嫻還是忍不住詢問手術的事情。李傑喜歡美女，更喜歡被美女環繞，可他不喜歡鄒夢嫻這大明星的糾纏。

雖然鄒夢嫻有著讓所有男人瘋狂的絕美容顏以及魔鬼般的身材，可李傑對她絲毫不感興趣，更不喜歡她跟在自己身後。

鄒夢嫻卻不打算放過李傑，拉著他的衣袖問道：「你說我們一定要在這個破醫院手術就是爲了一個人，那個人在哪裏呢？能不能讓我見見？」

李傑覺得這是個擺脫鄒夢嫻的好機會，於是叫人把趙燁喊來，然後對鄒夢嫻說道：「等下，馬上就來，這手術非他不可，必須他當我的助手才行，而他卻不能離開這個醫院。一會兒他就過來了，你不用客氣，如果有問題都可以問他，我先走了！」

李傑說完一溜煙地跑了，鄒夢嫻又不敢出去追，如果被她的粉絲們發現她在這裏，恐怕她妹妹再也無法安心養病了。

當護士通知趙燁李傑找他時，他正準備去找菁菁，最近工作忙得天昏地暗，菁菁又忙著出國和同學們道別，兩人的見面次數並不是很多。

本來已經在電話裏約好了見面，卻又被李傑叫去，趙燁只能無奈地打電話給菁菁，告訴她推遲幾分鐘。

趙燁知道肯定是鄒舟手術的事情，對於這台手術，趙燁並不擔心。相反他一直在擔心柳青這個生命進入倒數計時的人，獨自開著車回去了什麼地方。

趙燁曾經見過一次鄒夢嫻，那是一個在他印象中美得猶如女神般的女人，所謂沉魚落雁、閉月羞花，形容的就是這樣的人吧。

可趙燁對她的美麗並不感興趣，在趙燁眼裏，她就是個普通的患者家屬，當然如果硬要找出點特殊性的話，那就是鄒舟是趙燁非常關心的病人。

鄒夢嫻不覺得眼前這個年輕醫生有什麼特別，她仔細打量了趙燁一下。甚至還注意到了他的胸牌，然後驚訝地道：「你是實習醫生？」

「沒錯！」趙燁回答。

「你的老師沒來啊，那你告訴我一下手術的具體步驟吧，儘量別用專業辭彙，我聽不懂。」鄒夢嫻顯然把趙燁當成了傳話的，而將手術的人想像成趙燁的老師。

趙燁很想說你聽不懂還聽什麼啊，但他還是忍住了，病人家屬通常都要求醫生對治療方案等等問題進行一些講解，即使聽不懂他們也要聽，完全是心理作用。

趙燁簡略地說明了一下鄒舟的情況，並且把手術計畫以及手術後的恢復情況說了出來，最後趙燁還不忘告訴她，鄒舟的手術無論怎麼說，在這個世界上都是獨一無二的，難度之高超乎想像，複雜程度更是驚人，但主刀醫生是李傑的話，成功率也沒有想像的那麼低。

鄒夢嫻聽到成功率不是很低後，終於不再那麼緊張了，她甚至破天荒地對趙燁露出了笑容，然後說道：「幫我謝謝你的老師，希望他在手術上多費心，我會很感激他的！」

「我有三個老師，一位去世了，另一位剛剛駕車離開，還有一個就是李傑大叔，他們之中只有李傑大叔參加手術，我想這些你可以直接跟他說。」

「我聽說手術是兩個人啊，剛剛李傑醫生不是這麼說的啊……」鄒夢嫻疑惑地道。

「沒錯，手術的確是兩個人，一個主刀醫生，還有一個助手，我和我的老師李傑大叔一起手術！」

都說女人翻臉比翻書還快，剛剛還對趙燁千恩萬謝的鄒夢嫻突然驚叫著說道：「李傑說的人就是你？難道你也能進手術室？你不是實習醫生麼？」

「沒錯，還作爲主刀手術過！」接著趙燁不顧鄒夢嫻的驚訝站起來說道：「你不用擔心，剛剛我沒騙你，鄒舟也算是我的朋友，我們沒有把握不會進行這個手術。」

「相信我，我們會盡力的，我們也是有把握的！而且你還要明白，就現在來說，這手術只有我們能做！」

美到極致的鄒夢嫻一直順風順水，從默默無聞的普通女孩，到今日的紅遍全球，她只用了不到五年的時間，絕色的面容、甜美的歌聲，以及高超的演技，將她推向了事業的巔峰。

在她的世界裏，她永遠是高高在上的女神，接受眾多粉絲的膜拜，榮耀的光芒掩蓋了她的一切，也造就了她高傲與目空一切的性格。

這樣的女人原本不應該與趙燁有任何的交集，穿著白色長款毛衫的鄒夢嫻純潔而靚麗的面容上帶著一絲憂慮，彷彿天使落入人間。

趙燁可不管你天使還是惡魔，絕世容顏也好，美到讓人窒息也罷。爲了救鄒舟，他跟李傑已經用盡了全力，對於手術無比重視，不僅僅費時費力的研究，更是在這裏負了柳青。雖然柳青並不這麼覺得，但趙燁總是覺得欠了柳青什麼。

鄒夢嫻杏眼圓睜，滿面怒容地看著準備離開的趙燁，當慣了明星的她從來都是對別人頤指氣使，她怎麼可能忍受得了趙燁對她這種態度。

「站住，你要去哪裏？」

「當然是下班了，醫生也是人吧，我總要休息啊！你要問的問題我也回答了，還有什麼事情嗎？」

鄒夢嫻一時語塞，她是不信任趙燁這個實習醫生，事實上所有不認識趙燁的人都不會信任一個實習醫生。

趙燁也不是針對鄒夢嫻，只是柳青的離開讓他脾氣變得有些暴躁，明明付出了那麼高的代價才得到手術方法，在鄒夢嫻這裏卻被懷疑與蔑視。

鄒夢嫻仔細地打量著這位年輕的實習醫生，從一進門她就覺得趙燁跟別人不一樣，年輕一代中沒有不認識她的人，可以毫不誇張地說，多半年輕人都喜歡鄒夢嫻，特別是男人。

當然她沒有自戀到認爲所有男人都喜歡她的地步，可是像趙燁這樣視她如空氣的人卻是第一次見到。

「我可以走了嗎？」趙燁淡淡地說道。

「不行，除非你把李傑給我找回來，我要當面問他，過兩天就要手術了，我不能讓你這個來歷不明的實習醫生上手術台。我就不明白了，我們來這個破醫院就是爲了要你這個實習醫生當助手？」鄒夢嫻優雅地坐在病房椅子上，頭也不抬地說道。

「首先糾正你，這間醫院不是破醫院，另外我也不是來歷不明的實習醫生，我叫趙燁！是鄒舟這次手術的助手。你信也好不信也好，手術沒我不行！」

趙燁懶得跟她再多說，轉身準備離開，或許是兩個人說話的聲音太大，又或者是其他原因，躺在床上的鄒舟醒了。

因爲顱內腫瘤快速惡化，鄒舟最近身體狀態非常不好，神情冷漠，甚至記不起很多人的名字，即使對她至親的姐姐也非常冷淡，再也沒有往日的依戀與親昵，這讓鄒夢嫻十分痛苦。

「趙燁，是你麼？」

鄒舟的聲音柔弱而纖細，病榻上她連說話都非常困難。

鄒夢嫻聽到妹妹說話，趕忙坐到床邊握住妹妹的手說道：「我在這裏，姐姐在這裏，有

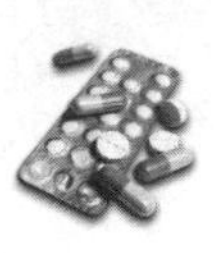

什麼事情跟姐姐說。」

趙燁聽到鄒舟的聲音也返身回來，鄒舟的病情他非常清楚，她神智時好時壞，多半時間她是記不住人的名字的。

「姐姐，我聽到趙燁的聲音了，他在這裏嗎？」鄒舟雖然清醒了，卻依舊虛弱，聲音小得幾乎聽不到。

「我在！」趙燁看了一眼滿臉關懷的鄒夢嫻，走到鄒舟床邊說：「我們約好的，我會來救你的，放心，我說到做到。」

「我就知道你不會騙我。我頭好痛啊！經常很想睡，而且總是做噩夢，你要快點治好我……我知道你一定行的，每次我做噩夢要被妖怪吃掉的時候，都是你來救我的，我想你這次一定還會來救我的……」鄒舟的聲音越來越小，最後竟然又沉沉睡去。

鄒夢嫻看著妹妹的樣子，不由心頭一陣痛楚，淚水如珍珠般順著晶瑩的皮膚滴滴落下。

趙燁心情也不好，如果是在平時看到女明星這樣梨花帶雨地哭泣，恐怕早就激發了他憐香惜玉之心，可現在，他卻沒有這種心情。

「放心吧，我會治好她的。我跟你一樣希望能夠治好鄒舟，你不用害怕手術的問題，手術並沒有你想像的那麼困難。」

趙燁的安慰似乎有了效果，又或者鄒夢嫻意識到自己是在一個陌生男人面前哭泣，她當即擦乾了眼淚。

過了一會兒，鄒夢嫻突然說道：「我想起來了，上次我們來這個醫院就是你帶著我妹妹溜出去的。」

「上次只是帶著她去了趟兒科，看了看嬰兒罷了……」趙燁心虛道。

「少在這裏狡辯了，你不但是個醫術不高明的實習醫生，還是個小滑頭。好了，你可以走了，手術的問題我暫且相信你。我跟你一起出去，讓鄒舟好好休息一會兒吧。」鄒夢嫻突然改變了主意對趙燁說道。

「你要出去就出去，爲什麼要跟著我？」趙燁說。

鄒夢嫻白了趙燁一眼說：「別自作多情，我對你可沒什麼感覺。我跟你出去只是爲了避免被別人認出來，帶我到醫院門口就好，然後就會有人來接我，我自己會離開。」

「爲什麼是我啊？」

「因爲你很平凡啊，走到哪裏人們都不會注意你……」

趙燁對這個大明星徹底無語了，她漂亮歸漂亮，卻對自己感覺過於良好，趙燁也沒辦法，只能任由這個戴著遮住半邊臉的蛤蟆鏡的漂亮女人跟在他的身後。

長天大學附屬醫院當下名望最高的不是趙依依這個未來的院長，也不是成爲易盛藥業研究夥伴的李中華，而是趙燁這個名不見經傳的實習醫生。

從趙燁以實習醫生的身分去急救科的時候，那裏的醫生們就猜測他有強大而深厚的背景，有人說他是某位高官的子弟，又有人說他是億萬富商的兒子，各種傳言滿天飛。

人們熱衷於八卦，趙燁無疑是他們八卦最好的對象。這個總是新聞不斷的人已經成爲了醫院中醫生們閒暇時的話題人物。

從最開始他的身分，以及與趙依依的關係，將趙燁推向風口浪尖的還是前兩天的手術，那位腫瘤科十九號病床的開顱手術，爲鄒舟開顱手術做準備的演習手術。

這是趙燁第一次向全醫院的人展現技術，人人都看到了趙燁與醫聖李傑同台手術，那是醫生夢想的榮耀，而趙燁卻輕易的獲得了這榮耀，更加獲得了美女的芳心，這讓其他人相當的羨慕。

當然人們在羨慕他的同時也不得不承認，趙燁手術台上的表現當然無可挑剔，完全配得上醫聖李傑的助手。

鄒夢嫻經過簡單的僞裝後，跟在趙燁的身後，她本打算利用趙燁高大的身材，平凡的樣子做掩護跑進電梯。

可出了門之後，她就發現這是個錯誤。趙燁無論走到哪裏都有人打招呼，八卦人士們更加仔細地打量這位帶著蛤蟆鏡貌似趙燁新女友的女孩，弄得鄒夢嫻內心狂跳，這要是被人發現了可不得了，特別是那些神出鬼沒的小報記者，沒人知道他們會不會出現在醫院，如果被他們發現了，再抽空寫個什麼緋聞男友可就壞了。

特別這個緋聞對象是趙燁，鄒夢嫻擔憂地看了看趙燁，算不上帥氣，一個小實習醫生，平凡又沒有風度，如果真有一個這樣的男友，那簡直是災難。

她想不到真正的災難發生在電梯裏，長天大學附屬醫院理論上擁有一千五百個床位，同國內其他的大醫院一樣。患者們不信任小醫院，無論什麼病都跑到當地最大的醫院，於是這個長天大學附屬醫院作爲這個城市最頂尖的醫院不得不加床，接待了超過兩千個住院患者。

床位可以加，電梯卻沒有辦法，有限的電梯擁擠得讓人喘不過氣來。鄒夢嫻害怕被人認出，同時也害怕被人碰到她身體，只能躲在趙燁身後蜷縮在電梯的角落裏。她很後悔上了電梯，可面對著如此眾多的人，她又下不去。

趙燁雖然不喜歡鄒夢嫻跟著他，卻也沒有辦法，他注意到了鄒夢嫻的窘境，只能用身體護著她，裝作若無其事的樣子。

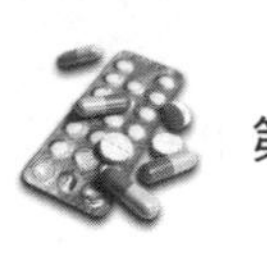

還好電梯裏沒有熟人，否則又要傳出八卦實習醫生趙燁喜新厭舊，找到了新女朋友。事實上趙燁就是想喜新厭舊也沒有那賊膽、更沒有那賊心。他的女朋友菁菁剛剛發來短訊，告訴趙燁她已經到了醫院樓下。

電梯很快到了一樓，人流忽地湧出，鄒夢嫻總算鬆了一口氣，推了推正看著手機微笑的趙燁鄙夷道：「快走了，別看你那破手機了，都什麼年代了，還用藍屏手機。」

趙燁白了她一眼，不在乎地說道：「你懂什麼，藍屏手機沒輻射。手機輻射很大的，特別你這種，用多了會皮膚乾裂，頭髮開叉……」趙燁當然是在胡扯，可他卻說到了鄒夢嫻心裏去，鄒夢嫻看了看自己的手機，想到自己最近的確皮膚乾枯，頭髮也失去了光澤，又瞄了瞄趙燁的藍屏手機。

「真的？」鄒夢嫻半信半疑地問道。

「好了，我要去見朋友了，你可以自己走了吧！」趙燁懶得理她。

「不行，你還得等一下，有人來接我才行！你不會是見女朋友吧？」鄒夢嫻微笑道。

這時趙燁看到菁菁在不遠處向他招手，於是趙燁不再理會鄒夢嫻，直接迎著菁菁走了過去。

菁菁今天穿著灰色紅格的小外套，踩著一雙小皮靴，高挑的身材顯得更加卓爾不群，趙燁已經好幾天沒看見她了，剛剛見面，趙燁想來個大大的擁抱，卻被菁菁笑著閃開了。然後她很開心地問趙燁道：「有沒有想我？」

「沒有想你，只有非常想你，無比想你！」

菁菁對趙燁的回答很滿意，可她突然發現趙燁身後竟然跟著一個女生，還是很漂亮那種，即使她帶著一副很誇張的蛤蟆鏡，依然遮不住她那絕世容顏。

女人對女人有種天生的敵意，特別是對漂亮的女人。菁菁不由得有些生氣，她不滿地小聲詢問趙燁道：「這女的是誰啊？」

趙燁還沉浸在見到菁菁的快樂中，完全忘記了鄒夢嫻這個麻煩的大明星還跟在自己身後，趕忙解釋道：「這是我表妹，剛從鄉下過來打工的，她病了又傻乎乎的，不知道怎麼辦就來這裏找我了，誰讓她就認識我這一個醫生呢。」

「病了？我看她挺好的啊，什麼病啊？你可要盡力幫忙啊，趙燁醫生。」菁菁完全沒有懷疑趙燁漏洞百出的謊言。

鄒夢嫻差點氣死，趙燁這個混蛋竟然把自己說成是他表妹，這也算了，更可惡的是他竟然說自己是鄉下來的，難道自己的打扮很像鄉下來的？要知道她這一身衣服可是她精心挑選的，很多都是名牌服裝公司爲她量身定做的。

胡扯一直都是趙燁的強項，他曾經跟宿舍的兄弟們連續說了一個晚上不重複的瞎話，很多天真的學弟到現在還覺得趙燁說的一切都是真的。

面對菁菁的疑問，趙燁根本不用考慮，直接開口道：「她的病也沒什麼大不了的，就是普通的紅眼病外加青光眼。青光眼就是眼睛不能見光，紅眼病你知道的，眼睛跟兔子一樣紅，她比較嚴重，不只是自己眼睛紅，還有傳染性，看誰誰紅，你要小心了。」

趙燁說完還不忘看了一眼鄒夢嫻，只見這大明星氣鼓鼓的一副要殺了趙燁的樣子。

趙燁總算找回了場子。誰讓你跟著我了，要知道情侶的二人世界是不許有第三者的，哪怕你貌美如花也不行，大爺我不稀罕。

菁菁完全相信了趙燁的話，並且同情心發作，跑上前去拉著鄒夢嫻的手輕聲說道：「哎，你是趙燁的表妹，那我也叫你表妹好麼，你放心，趙燁的醫術很好，一定能幫你治好的。我這裏有兩張電影票，原來是打算跟趙燁一起去看的，我再去買一張，你晚上也跟我們一起來吧。」

原本正在高興的趙燁，聽到這話差點吐血。

趙燁一把奪過電影票，對菁菁說道：「表妹的眼睛不行，她現在的視力非常差，根本看不清東西，電影就算了，讓她回家休息看電視去吧。」

「那太可惜了，這電影是鄒夢嫻最新的電影，我一直沒來得及看。聽說她在這個電影裏表現得很好，似乎跟男主角……」菁菁是鄒夢嫻的影迷，對她所有的一切如數家珍。

她這一說不要緊，趙燁緊張了，他可是知道自己身邊的就是那大明星，讓菁菁發現了那可就不好玩了。

趙燁連忙對菁菁說道：「鄒夢嫻的電影表妹不喜歡，那電影又不好看，鄒夢嫻簡直就是個大花瓶，演技那麼差，表妹喜歡的是那種純實力派的，例如史特龍、史瓦辛格……」

鄒夢嫻快要崩潰了，換任何一種情況下，她都會對著趙燁咆哮甚至伸出那纖纖玉手讓趙燁知道什麼叫做痛。在她快要發瘋的時候終於迎來了曙光，她的手下開車接她來了，於是鄒夢嫻對菁菁說了句：「拜拜，我有事先走了。」

至於趙燁，連道別都免了。

「這孩子，真沒禮貌！」趙燁歎氣道。

「你表妹好奇怪啊，那麼漂亮，好像大明星鄒夢嫻。你還說她是鄉下來的，可我看她的衣服都是名牌。而且，剛剛接她的那輛車，牌子看起來好熟悉啊。我上次跟林軒叔叔去車展的時候似乎看見過……」

「都是假像，她的衣服都是地攤貨，那車也是山寨車，便宜貨的貼牌，她是做秘書的，她老闆來接她去談合同。」

「你又在騙我。」

「好，那她是大明星鄒夢嫻，你相信了吧！」趙燁無奈地舉手投降道。

「難道她真是你表妹？這個世界變化太大了，鄉下的表妹竟然都這麼漂亮、這麼時尚……」事實與謊言，菁菁還是相信了謊言，她感歎道。

趙燁可沒那麼多感歎，今天菁菁格外漂亮，再加上兩人幾日沒見，趙燁非常珍惜今天的時光，他伸手悄悄地攬向菁菁的小蠻腰。

菁菁笑著抓住趙燁的手，羞澀地說道：「不要這樣啊，這裏人這麼多！」

「那我們找個人少的地方……」趙燁開玩笑道，菁菁是那種羞澀的女孩，趙燁很喜歡她低頭臉紅羞澀的樣子。

「今天晚上宿舍的朋友都出去瘋去了，我一個人不敢睡在宿舍。」

再明顯不過的暗示，趙燁從來沒想過這話會從菁菁口中說出來，他不知道是應該興奮好還是驚訝好，趙燁牽著菁菁的手說道：「走，我們先去看電影。」

菁菁挽著趙燁的胳膊歪著頭靠在他肩膀上，這個夜晚都是甜蜜幸福的，她安靜地靠在趙燁身邊，兩個人默默地看完了那場電影。

電影散場後，情侶們依偎著在街上漫步，菁菁與趙燁這對無疑是最耀眼的，菁菁的美麗吸引了無數男人的目光，趙燁的平凡雖讓人妒忌，卻也告訴了他們，這個世界還是有純真的愛情。

在燈光斑駁的街道上，兩人慢慢地走著，趙燁伸出手輕輕地攬著菁菁的小腰，菁菁閉上眼睛微微地喘息，從未被男人染指過的胸部緊緊地靠在趙燁的胸膛上，她的心怦怦亂跳，當櫻唇與趙燁吻到一起時，那種感覺上升到了極致，許久兩人才分開，菁菁面色緋紅，輕輕地對趙燁說道：「我過兩天就走了，父親聯繫好了校方，要我提前過去學兩個月語言，適應新的環境。對不起。」

趙燁其實早有心理準備，否則以菁菁的性格，不會這麼直接。可是面對突然的離別，趙燁還是有些難受，或許是因爲前段時間與她相聚太少。

「別這樣，用不了多久，我們還會再見面的。」

「我相信你會給我幸福。」

趙燁帶著菁菁回到他那個出租小屋，兩人第一次見面也是在這裏過的夜，轉眼間幾個月

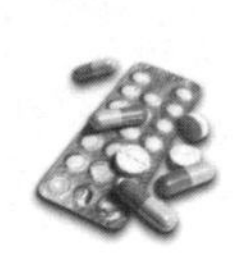

過去了，兩人的關係早已經非同尋常。

趙燁是個不折不扣的處男，然而對於本能的東西來說，並不需要多少時間熟悉，兩人在不斷的摸索中，慢慢由青澀到熟練。

菁菁的衣服被趙燁一件一件地脫下，羞澀的她這次沒有閉著眼睛，而是看著趴在自己身上的男人。她有一種幸福的感覺，一種夙願得償的感覺。

隨後一陣刺痛，第一次被男人佔有，痛徹心扉，卻又讓她歡欣雀躍。菁菁雖然單純卻不傻，她渴望與趙燁在一起一輩子，但有些事情不能強求，即使以後因爲某些原因分開了，她也不會怨天尤人，反而會永遠記住這段純真的愛戀。

趙燁趴在菁菁身上，氣喘吁吁、滿身汗水，菁菁從小就是長在溫室中的一朵花，趙燁愛憐地撫摸著她緋紅的面容。

「等著我，我會去接你回來，你是我未來的新娘。」從這一刻起，趙燁就已經打定主意，鄒舟的手術將是他在長天大學附屬醫院最後一次以實習醫生身分上手術台。

未來的路在何方或許還不明瞭，可趙燁對菁菁的諾言卻已不可動搖，他不是那種欺騙女生感情的混蛋，他喜歡的是菁菁的人，而不是那種只喜歡對方身體的混蛋。男人自當頂天立地、一諾千金，承諾就是承諾，並不是說說而已。

出國當醫生或許不可能，但接回自己心愛的人卻又沒那麼困難。菁菁的離開進入了倒數計時，趙燁在長天大學附屬醫學院的時間同樣也進入了倒數計時。

菁菁睜開眼睛，眼角滿是淚水，她喜歡趙燁，渴望趙燁是那個與她互換戒指，一起在教堂訴說誓言的人。

淚水劃過臉頰滴落在床上，不知是痛苦還是歡喜……

第四劑

主刀

李傑的優勢項目在於心臟外科，他的心臟手術是權威級別的，神經外科他也是頂尖人物，可比起柳青還差一點。
趙燁甚至不用回憶當日的情形，手中的手術刀有如神助，皮膚層層切開，又把神經組織完美分離……
李傑平靜地看著趙燁的手術刀，在手術演示進行到一半時，他摘下口罩，不顧趙燁的疑問，淡淡地說道：「鄒舟的手術你來主刀。」

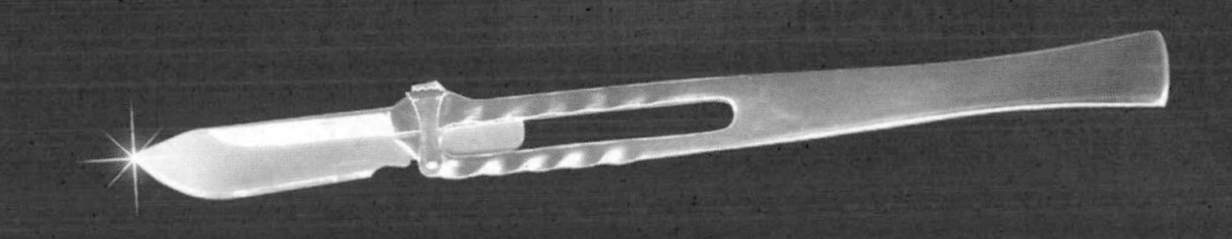

趙燁討厭離別，特別是這種讓人刻骨銘心的離別。第二天菁菁與趙燁兩人絕口不提分別的事，同往常一樣趙燁送菁菁去學校，很簡單的告別。只是菁菁的眼中有著一種說不出的感覺：落寞、悲哀、期盼……

這或許是菁菁出國前最後一次見面。趙燁想，他已經想好了，過幾天離開的時候他不會去機場送菁菁，因爲趙燁害怕自己一衝動跟著她一起上飛機。

如果趙燁還是小孩心態，或許他會這麼做，憑藉他那雙手，即使到了歐美的醫院他依然是頂尖的外科醫生，證件、學歷都不是問題，他可以從頭再來！

成熟的標誌就是不意氣用事，做事情要考慮後果。國內還有太多的事情沒有處理，趙燁不可能拋下一切。

再說三年之期說起來很長，實際上並不是那麼難熬，只要將精力轉移到其他方面，例如臨床醫學上。

長天大學附屬醫院白色的外科大樓裏多了一批陌生的面孔，這些人來自明珠集團旗下易盛藥業公司的研究部門，他們主攻藥物研究，確切地說是抗癌藥物的研究。

他們多半是搞醫藥研究的，算不上醫生，他們在長天大學附屬醫院也沒有行醫的權利，這些研究人員只是利用這裏的醫療資源尋找自願者，進行臨床試驗，然後進行觀察提出資料進行論證。

李傑是這群研究者的首領，當然他從來都是名義上的頭目，研究方面他並不直接參與，他將所有的任務都交給了下屬研究員。

長天大學附屬醫院方面負責配合臨床研究的是李中華，因爲這項研究本身就與癌症息息相關，作爲腫瘤科主任與癌症專家的李中華對此義不容辭。

趙燁雖然還有幾個月就畢業了，但他畢竟還是個實習醫生，即使他的能力高出了實習醫生不知道多少倍。

每天按部就班地上班，趙燁將全部精力都放在治病上，只有這樣，他才能不去想念菁菁，不去想念將他融化在溫柔中的那個女孩。

趙燁上班總是很早，即使今天早上他先送菁菁去學校耽誤了不少時間，依然提前半個小時到了醫院。

這個時間上班的一般都是年輕醫生，對事業無比熱情。不過凡事都有例外，例如趙依依這個主任醫生就是跟趙燁在同一時間上班，並且在一個電梯裏。

從趙燁離開急救科以後，趙依依一直在忙著治療林軒的長官，這一個月，兩個人很少見面，即使見面也是匆忙地打個招呼就去忙各自的事情。

此刻見面，趙依依親切地捏著趙燁的臉蛋，好像在逗小孩子一樣說道：「你小子不聲不響就逃掉了，你怎麼忍心扔下我一個人。」

「在你那裏那麼久了，我總要換個地方啊！」趙燁揉了揉臉蛋說道。

「那你也不能去那個人的地方啊，你知道我跟他的恩怨，我怎麼去找你……」趙依依楚楚可憐地說。

這一幕讓電梯裏的患者們誤會了，眾人紛紛以爲趙燁是個負心漢，離開了漂亮的趙依依去找了另外一個女人，於是毫不吝嗇地投來鄙視的目光。

「姐姐，你別鬧了！是我錯了，下次再也不敢了。」趙燁對趙依依的流氓手段從來都只有投降的份。

「就放你小子出去玩幾天，跟著別人好好學習學習。說真的，前幾天那個手術你做得的確漂亮，我越熟悉你，就越看不透你的真正實力了，不知道你還有多少東西是我不知道的。有你這樣的弟弟真是高興，有你坐鎮我也放心，等我當上院長也會十分輕鬆，再困難的手術也不怕。」

在趙依依心裏，趙燁跟著她是理所當然的，她可沒想到趙燁早已經打定主意實習結束就離開這個醫院。

站得高了，目光自然就遠了，站在李傑、江海、柳青三位老師的肩膀上，趙燁不再是那個只求有個安穩工作，賺取一份能夠娶妻生子、孝敬父母的工資的趙燁了。

現在的他有著更多的責任，更遠的目標，趙燁面對趙依依的微笑，沒辦法說出要離開的話，只能在電梯停在腫瘤科那層樓時，微笑著走出去。

李中華主任這段日子對工作充滿了熱情，他彷彿又年輕了很多歲。易盛藥業的那群研究員們也不似李傑那樣懶散，他們多數人每天都待在長天大學附屬醫院爲他們準備的實驗室中，少數人則在醫院與李中華一起討論研究工作。

李中華現在的頭銜除了長天大學附屬醫院的腫瘤科主任以外，他還是易盛藥業聘請的名譽教授。

易盛藥業對長天大學附屬醫院這個臨床試驗基地很重視，派出了多位研究員，李中華也熱衷於這項研究工作，醫院方面更是野心勃勃，號稱以此爲契機將醫院建設成集醫療、教學、科研於一體的醫院，因此臨床試驗開展得如火如荼，研究人員一到位立刻開始投入工作。

但這件事並沒有給腫瘤科其他人帶來什麼特別大的影響，實習醫生趙燁還是那樣子，他在腫瘤科待遇很好，可以獨立查房，可以獨立診斷治療病人。然而趙燁卻很守規矩，不該碰

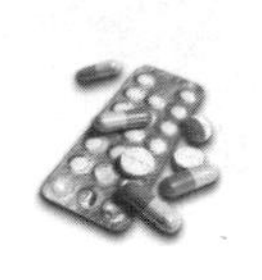

的病人他絕對不碰。

那位十九床的患者此時恢復得非常好，那天做完實戰演習手術後，趙燁特意等了他半個多小時，直到他醒來。

他這種大手術本身就十分困難，即使手術成功了也不能保證百分之百恢復，趙燁卻在這個患者身上見到了奇蹟。

患者術後第三天，竟然在家人的攙扶下行走自如。趙燁不知道如何表達這種驚訝，只是上前給患者又做了一次全身檢查，以確定他是真的好了。

患者家屬都記著趙燁這位醫生，雖然趙燁還是個實習醫生，這些都已經不重要了，患者的妻子甚至直接跪在地上感激地對趙燁說：「醫生，真是太謝謝你了！要不是你救我丈夫，我們真不知道該怎麼活了。我們家裏窮，拿不出東西感謝你，你救了我丈夫，甚至醫療費也是你出的，我沒辦法感謝你，只能在這裏給你磕頭，回去給您立長生牌……」

趙燁哪裏見過這種陣勢，手忙腳亂地將這位跟自己母親差不多大的阿姨扶起來，說：「您別這樣，小事一樁。治病救人是我的職責，您的丈夫能恢復得這麼好，也是他的造化。」

「您真是個好醫生，真不知道應該怎麼謝謝您！」患者的兒子說道。

病房裏不是只有這一床患者，其他患者看到這情景，也都趕來看熱鬧。聽說了趙燁的事蹟後，紛紛誇獎趙燁年輕有爲、醫德高尚。

他們弄得趙燁非常不好意思，其實患者多數都是好人，醫生只要治好了他們的病，他們都會真心感謝，而不會覺得這是醫生理所當然應該做的。

醫患不和諧的事情只是少數事件，經過媒體的大肆渲染和別有用心的人士大肆宣揚才變成今天這種醫患關係緊張的局面。

這對於趙燁來說只是舉手之勞，即使是手術費對趙燁來說也並不是很多，他現在可是身家上億。況且幾萬塊錢相對於一家人的幸福來說，根本不值得一提。

趙燁被他們的感謝弄得很不好意思，只能逃之夭夭，剛剛走出門口，那患者的兒子跟在趙燁身後低聲問道：「趙醫生，我父親還會復發麼？」

「復發的機率很大，這種病第二次手術的人很少有活下來的。你父親能恢復成這個樣子已經是奇蹟了。至於復發的機率我不好說，但肯定很大。」趙燁歎了口氣，實話實說道。

「那怎麼辦？如果再復發……」患者的兒子有些激動。

「第三次手術幾乎不可能，上次手術已經是極限了。至於其他方法，以前的藥物效果不大，現在有種新藥卻還沒研製成功。」

「那不能試試麼？」

「我也在考慮這個問題，但現在不行。這樣，我給你開點中藥，對你父親的病情也很有幫助，讓你父親繼續住院吧，費用不用擔心，等這個藥物可以參與臨床應用時第一個用在你父親身上。」

出於對趙燁的信任，患者的家屬並沒有對這個半成品藥物提出任何異議，相反他們對趙燁的照顧非常高興，拿著趙燁開的中藥方了跑去抓藥了。

趙燁對於女友菁菁不亂下承諾，對於患者更是不會亂下承諾。雖然那抗癌藥物無論從哪方面看，都不應該先應用於顱內腫瘤。

可眼前有兩台手術是趙燁必須要解決的，是他在長天大學附屬醫院裏以實習生身分進行的最後一台手術，首先是那位手術成功的十九床病人。他是鄒舟手術的實戰演練，他術後復發的機率非常高。

鄒舟的病情要比那患者複雜，她術後也幾乎是必定復發的。手術不是目的，目的是治療病人，讓患者康復。如果開刀不能讓患者痊癒，再精彩的手術也是徒勞無功。

李傑並沒有明確鄒舟的手術時間，但是趙燁知道那時間並不遙遠，在這短暫的時間裏，他們除了做好了那實戰演習以外，還需要準備好術後工作。想起鄒舟昨天清醒時的話語，趙燁就一陣痛楚，這個女孩把自己當成了救星，那麼在手術上一定不能失敗，在術後的治療上也應該有明確地保障。

確保鄒舟在術後不僅僅是完全恢復，更要緊的是確保不能夠復發，標本兼治。

建設國內一流腫瘤科室，建設世界級的腫瘤藥物研發中心，這是李中華和腫瘤科全體人員的目標，很官場的話，卻也是很真實的寫照。

腫瘤科的年輕醫生們一直將李中華當做長輩，視為老師，他們為李中華失去院長的寶座而痛心不已，現在他們則為李中華能夠找到新的目標而高興。

易盛藥業對於長天大學附屬醫院這個臨床實驗基地顯然更加重視，在其他的醫院進行臨床試驗時他們只是派出了少量的資料收集人員，而在長天大學附屬醫院的腫瘤科經常出現的就有幾個公司的主力研究人員。

再看看這支隊伍是李傑親自帶隊，雖然這慵懶的大叔多半時候都不幹活，可他畢竟是這個藥物研究項目的最終負責人，足可見公司對長天大學附屬醫院的重視。

事實上重視這個研究基地的原因有很多，除了李傑對趙燁的情感因素以外，還有一個重要的原因就是這個醫院腫瘤科病人很多，遠遠超出了其他的醫院。

還有一點是因爲李中華的大力支持，這個二十多年臨床經驗的老醫生有著不可小窺的能量，很多癌症病人都需要定期化療，他們多半是李中華的老患者，只要這位李主任出馬說服他們，成爲新藥的志願者並不是很難。

有李中華的幫忙，再加上研究員不辭辛勞的工作，作爲專案負責人的李傑非常的清閒，他更多的時候是把精力放在手術上。

作爲他的助手趙燁則想得更多，或許是年輕的無畏，他還考慮了手術以後的事情。趙燁想要的是標本兼治，不僅僅靠手術切除顱內腫瘤，更是要用藥物抑制住腫瘤復發。

控制復發的辦法主要是兩種，中藥抗癌治療與目前正在研究的病毒抗癌，前者可以防患於未然，後者是直接殺滅癌細胞。

對於醫學有著無比熱情的趙燁直接申請加入了研究行列。他喜歡挑戰，更喜歡治病救人那種成就感。

十九床家屬對他的感謝，深深地觸動著他的心，辛辛苦苦勤勤懇懇地治病救人，得到多少報酬倒是小事，最重要的是那種成就感，被人認可的成就感。

在醫院當實習醫生以來，趙燁一直都是以實習醫生的身分在幕後治病救人，受到患者家屬感謝這是第一次。

這讓趙燁產生了巨大的工作熱情。同時趙燁對抗癌研究計畫也很重視，畢竟這是江海留下來的東西，除了針灸研究的署名是江海外，這個抗癌計畫的研究成果也要署名江海。這兩項研究都是能震驚整個醫療界的東西，相信天上的江海老人也會感到欣慰吧。

長天大學附屬醫院對這個研究很重視，雖然他們只是個臨床試驗基地，可他們卻想借著這件事得到發展完善。跟他們有同樣想法的還有一批人。

易盛藥業研究團隊進入臨床試驗第四天，醫院裏不知怎麼多出一批沒見過的傢伙。這天正好是趙燁在收集資料，準備進行第一次人體藥物試驗，這批陌生的傢伙直接闖進病房。

他們差不多有七八個人，走在最前方的是個已經謝了頂的中年人，大腹便便。

「這就是醫院的腫瘤科了，他們的研究就是在這裏進行的，您先進去看看病人？」說話的人是跟在禿頂中年人身後的一位精瘦的眼鏡男，這人趙燁認識，是長天大學的一位病理學老師。

那位禿頂中年人一副領導視察工作的派頭，看病人的同時還不停地詢問著，看樣子對腫瘤病還是很懂，指指點點地說著什麼。

趙燁雖然奇怪，可也沒多問，只要這群人不影響他的研究就可以了，於是繼續低頭忙著

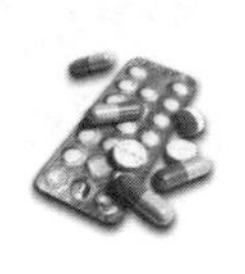

自己的工作。

然而那禿頭領導身後一個跟班模樣的人卻跑到趙燁面前，他掃了一眼趙燁的胸牌，發現趙燁只是個實習醫生，手裏拿著一本資料不知道在統計什麼。

原本他以爲趙燁是醫生，一看竟然只是實習醫生，於是之前準備的說辭全都沒用了，直接對趙燁說道：「同學，我們有事，你先出去。」

趙燁瞥了他一眼，看到他手中的相機，估計是報社的記者。

他所謂的有事估計就是拍照片，趙燁手頭的工作也做完了，犯不上跟他計較，合上手中厚厚的資料，冷冷地看了一眼那個要他出去的人，離開了。

那位領導模樣的人並沒有在乎這件事，彷彿趙燁就是一隻小螞蟻，無論死活都不値得他看一眼。

趙燁剛要走出去，突然停住了腳步，因爲他聽到那位領導正在用他特有的大嗓門說著什麼。

如果是其他事，趙燁恐怕一句都不會聽，因爲與他無關，可是事關病人，他就不能不管了。

「這個計畫還不錯嘛！我們會大力扶持，政府會人力支持！爲了早日治好這些病人，早日把研究完成，我決定政府出資，資助患者參加抗癌藥物計畫，讓所有人都參與到這個計畫中來，不用擔心藥物，每個人都可以用上藥。」

接下來的話趙煒沒仔細聽，但他知道絕對跟上面的混蛋話是一樣的。這位貌似懂得很多的領導根本不是救人，而是害人。

藥物還沒成型，如果隨便應用到臨床上只會有害，而不會有益。現在易盛藥業的研究員們對藥物的臨床試驗都是小心又小心，雖然很多癌症晚期患者生命進入了倒數計時，可也不敢胡亂用藥。

剛剛在病房裏趙煒做的統計，就是爲了分析哪些人可以參加臨床試驗，當然僅僅是統計還是不夠的，還需要反覆論證，然後再跟這些患者及其家屬商量參加臨床試驗的問題。

此時，這位禿頭領導大手一揮就決定所有人員都參加臨床試驗，這簡直就是笑話，說嚴重點就是草菅人命。

趙煒不知道他們從哪來的，但他們這麼做肯定是不行的。趙煒剛想回去找他們理論，可一想他就是個實習醫生，有什麼資格找人理論啊，說了也是白說，他們根本就不會聽。

於是趙煒轉頭離開，這東西是易盛藥業旗下的藥物，跟這領導根本就不搭邊，只要公司不同意，他們也沒辦法，易盛藥業在這裏最大的負責人是李傑，所以找李傑是最好的辦法。

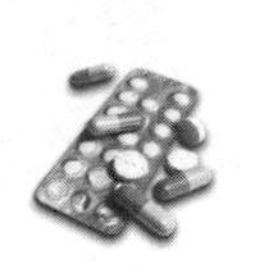

趙燁悄悄地離開，在他身後的病房裏，那位禿頭官員還在享受跟班們的歌功頌德，爲自己的英明決定而沾沾自喜。

李傑幾乎對所有的事情都漠不關心，當然手術除外，此刻他正被鄒舟的手術困擾著，困擾他的不是手術本身的難度太大，而是鄒夢嫻。李傑很受不了鄒夢嫻這個大明星，原本對付刁蠻女很有一套的李傑就是對付不了她，沒有辦法只能逃走，免得被這女人折磨。

流連於酒吧夜店的李傑發現自己不僅要鄒夢嫻的折磨，現在趙燁也加入到了這個隊伍中。

睡夢中的李傑昨天玩了一夜，迷迷糊糊中電話鈴響了，李傑想都沒想，伸手將電話關機，換個姿勢繼續睡覺。

可沒過多久，門口又傳來了敲門聲，李傑沒辦法，只能鬱悶地爬起來去開門，知道李傑住址並且能找上門的人不多，趙燁就是一個。

趙燁一進門就開始說剛剛在醫院的所見所聞，說那個自大的領導和他們那胡搞亂搞的計畫。

李傑打著哈欠洗臉刷牙，聽趙燁將事情復述了一遍後，並沒有像趙燁一樣忿忿不平。

「你千萬不能同意他們，實在太官僚主義了，以前只是聽說過，還從來沒見過這樣的官員。」趙燁不依不饒地說。

「這個我不管，你自己去說，現在易盛藥業在長天大學附屬醫院的研究團隊都歸你指揮了。」李傑又打了個哈欠道。

「歸我指揮？那你呢？」趙燁驚訝地道。

「我當然是做手術。走了，去喝杯咖啡然後去醫院吧。我想你準備得差不多了，柳青留下的手術計畫你應該告訴我了。明天開始手術，鄒舟的手術！」李傑強調道。

手術的問題趙燁一直在計畫著，卻沒想到這手術來得這麼快，即使有心理準備也覺得有些倉促。可李傑是那種說一不二的人，沒人能改變他的想法。

於是趙燁陪著李傑喝了杯咖啡，然後就帶著李傑去了解剖室，重複了一遍那天夜裏柳青與趙燁做的事情。

李傑需要知道柳青留給他們的手術計畫，這個計畫關係到手術成敗！李傑還是非常重視的。

兩個人先是對這死前將遺體捐獻給醫學的偉大的人的屍體默哀、鞠躬！然後趙燁開始充當老師。向著這位無論實力、還是年紀都比自己高出很多的人講課。

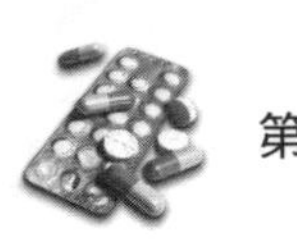

李傑的優勢項目在於心臟外科，他的心臟手術是權威級別的，神經外科他也是頂尖人物，可比起柳青還差一點。

趙燁甚至不用回憶當日的情形，手中的手術刀有如神助，皮膚層層切開，又把神經組織完美分離……

李傑平靜地看著趙燁的手術刀，在手術演示進行到一半時，他摘下口罩，不顧趙燁的疑問，淡淡地說道：「鄒舟的手術你來主刀。」

「我？大叔你太看得起我了！」

「我沒開玩笑，就算是給你的禮物吧，如果我來主刀，最多跟你剛剛的手術是一個等級，放心，如果你緊張或者犯錯，我會幫你的。」

李傑很信任趙燁，可趙燁卻不相信自己，低下頭繼續在標本上進行模擬訓練，他不想在長天大學附屬醫院進行的最後一台手術失敗，更不想讓那可愛的鄒舟死在手術台上。

當晚，趙燁失眠了，他覺得自己很無能，竟然為了一個破手術而緊張得失眠。

白天，李傑決定手術由趙燁當主刀後就離開了。面對趙燁的疑問，李傑還丟出一句話：「你現在是主刀醫生，所有的事情都由你負責，我這個助手去休息了！」

趙燁壓力很大，他從前手術都沒有過這樣大的壓力。首先跟李傑同台手術就是一種壓力，經過上一次實戰演練的風波，鄒舟這台手術無論如何都會成爲全院的焦點，更可怕的是，李傑竟然把主刀的位置甩給了他，人們無論如何都會將重點放在趙燁身上。

其次是這次的手術對象是鄒舟。所謂醫不自醫，按字面的意思是說醫生沒辦法給自己看病，其實真正的意思是醫生看病不能夾雜感情因素。

無論是給自己看病還是給親人、朋友，在用藥和手術時總會有很多顧慮，特別是手術，當面對親人或者朋友時，手術刀不是那麼容易切下去的，膽小一點的甚至在給自己父母打針、開藥的時候都會考慮很多……

這個夜晚，趙燁失眠了，他滿腦子都是手術，甚至在夜裏他還爬起來，站在他那昏暗的出租小屋裏進行模擬手術。

連續模擬了兩次手術，結局都很完美，終於讓趙燁心中有了些底氣。躺在床上，他又想到了那個大腹便便的禿頭胖領導，李傑說那研究團隊由他來指揮，雖然不能完全當真，卻也表明了他的態度，他同意李傑的建議，不會讓那個自以爲是的官員指手畫腳。

至於那抗癌藥物，鄒舟的手術結束後不會立刻復發，復發的期限又有長短，最短也要幾個月，所以藥物研究還來得及，這些都可以放在術後考慮。

目前最重要的，是先進行手術，減輕腫瘤對鄒舟大腦的壓迫，減少癌細胞向正常腦組織擴散。

趙燁在擔心中迷迷糊糊地睡著了，可第二天他依舊早起，雖然昨夜只睡了幾個小時，趙燁還是精神飽滿地唱著偶像派歌聲騷擾著鄰居，然後上班。

昨日李傑在通知了趙燁手術的消息後，也通知了院方這個消息。

醫院當然不會拒絕李傑在醫院裏手術，更不會放過這個宣傳的好機會，他們準備了最好的觀摩手術台，甚至還邀請了當地媒體來做現場報導。

更巧的是，省裏幾家大醫院以及衛生廳也派了人過來，其中那個大腹便便的胖領導便是其中的一個。

他們來的目的誰也不清楚，但誰都知道他們是來爭取政績的，易盛藥業的抗癌藥物研究是個大專案。

這藥物無論國內還是國外都是空白，當易盛藥業開始進行研究，當地有關部門就開始重視了，從政策等多方面予以關照。

趙燁沒考慮到那麼多，他打定主意不讓那群領導亂來，當然在這之前，他要去手術。

今天全院都在關心那台手術，昨天李傑通知手術室進行準備的時候，一些醫生就開始找鄒舟的病例，最後他們終於瞭解了鄒舟的病情資料。

鄒舟，女，二十歲，顱內膠質瘤，爲星型細胞瘤級惡性程度高，發病位於雙側大腦半球，侵犯基底節與丘腦，目前無出血，但周圍腦組織水腫明顯。

這種類型的患者多半已經面臨死亡，可李傑卻堅持要手術。如果是其他人要手術，恐怕所有人都會覺得這是個玩笑。

李傑就不同了，這個人是醫聖。一生中手術從來沒有失敗過，無論什麼難度，即使手術風險很大，他也總是能安然過關。

趙燁同往常一樣，似乎不在乎人們的目光，彷彿他根本不是這台手術的助手，不，現在他應該是主刀，只是其他人還不知道而已。

他很平靜地走進電梯直奔鄒舟的病房，手術安排在上午九點，現在的時間是八點，趙燁需要先去手術室看看鄒舟，然後再最後看一次她的影像學資料。

手術沒開始，病房裏卻聚集了好幾個人，除了李傑跟鄒夢嫻外還有幾個陌生的面孔，其中一個赫然是那位挺著大肚子的禿頭胖領導。

鄒夢嫻來這裏是保密的，這群人能找到這裏的原因就不得而知了，病房裏氣氛頗爲尷尬，幾個不相干的人爭搶著觀看鄒舟的CT、MRI片子，一個個長篇大論，相反這次手術的主角李傑笑嘻嘻地看著他們默不作聲。

鄒夢嫻的俏臉上也寫著厭惡，這幾個不知道哪裏來的醫生，在長篇大論的同時還不忘討好這個大明星。

特別是那位挺著大肚子的禿頭領導，實際上叫他禿頭並不合適，他只是謝頂，頭上還有幾根頭髮，並且這位領導很注意自己的形象，那幾根頭髮梳理得非常整齊。

包括這位領導，在場的人完全忘記了他們是不請自來，對於鄒夢嫻的厭惡根本不在意，爭著討論病情，還不忘相互吹捧以增加在大明星心目中的印象。

「鄒小姐，這位是我們省醫院的胡主任，他可是神經外科的專家！這位是我們的王副局長，也是專家級別的人物……」做介紹的還是昨天那位長天大學的老師。

至於那位囂張的趕走趙燁的記者，不知道什麼時候掏出了照相機，對這幾位賣弄才學的傢伙一頓亂拍，當然他不會忘記將鄒夢嫻拍在裏面。

鄒夢嫻心中雖然厭惡，卻沒有表現出來。她知道這些人很難纏，絕對不能得罪，卻也不能沾上。

「嗯，那就有勞你們費心了！」鄒夢嫻態度很冷，甚至連那副誇張的蛤蟆鏡都沒摘下來。

趙燁看著眼前的情景不由得皺了皺眉頭，馬上要手術了，卻遇到這麼一群人，打也不是，罵也不是，趕還趕不走。

鄒夢嫻的話讓這幾個人很是興奮，特別是那位大腹便便的胖領導，一把奪過MRI片子對著燈光一陣猛看，然後指著片子說道：「這片子很清晰嘛，不是在這醫院拍的吧！」

「沒錯，上個禮拜在美國拍的。」鄒夢嫻淡淡地說。

胖領導點了點頭，然後對著片子表情嚴肅地說道：「看片子腫瘤在左側半球，已經擴散並且侵犯基底節與丘腦，腦組織水腫明顯，雖然沒有出血，但情況也不容樂觀。另外她有典型顱內壓增高症狀，如頭痛、嘔吐、記憶減退等；另外腫瘤壓迫、浸潤、破壞腦組織所產生的局灶症狀，輕度神經功能缺失症狀如癱瘓……」

「手術中還需要注意很多，這腫瘤位置不好，並且擴散的範圍非常大，雖然能切除，但癒後並不是那麼好。」

大肚子胖領導雖然有時糊塗，但看片子卻有一套。他說得很對，分析得也很正確，他的表現迎來了手下們一致的好評。

「鄒夢嫻小姐，你放心，雖然困難，但是我們會幫你的，這裏都是專家教授，絕對能治

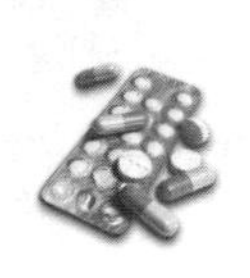

好你妹妹的病！」

鄒夢嫻笑著說了聲謝謝，心中卻在說，國內最頂尖的醫生李傑在這裏，還用你們治什麼？

李傑是不在乎他們說什麼，只是靜靜地看熱鬧，這群人當然也知道李傑的名頭，只是多半沒見過李傑手術，所以只知道李傑名聲大，心中卻不服氣。

這時趙燁已經在門口站了有一會兒了，他靜靜地走進來，對著大肚子禿頭官員說道：「麻煩您把片子給我，然後離開，馬上要手術了，我們需要準備一下！」

「你不是昨天那個實習醫生麼？把片子收好，剛剛我們說的都記下來了？同學，這次手術好好學習，還有這個片子要好好看看，這可是美國最新的儀器拍的，比國內的好太多了！」胖領導身後的某位專家教授說著將片子遞給趙燁。

「不用記了，這片子沒用了，我留著它只是爲了以後做成教學素材用，現在我們要去拍新片子！」

趙燁將片子收好後遞給鄒夢嫻，繼續說道：「這是一個禮拜前的東西，已經過時了，這個禮拜鄒舟的病情必定有變化，我們需要再拍一個。」

「你搞錯沒有，這又不是顱腦外傷，又不是腦出血，怎麼可能發展這麼快？再說了，這醫院的破機器能看出來什麼？你們醫院就會用這個方法賺錢……」其中一位專家說。

「老機器有老機器的辦法，所謂的新機器不過是經過電腦多次處理，機器的原理還是沒有變，都是X光機的變種，只要方法得當，影響並不是很大！」趙燁淡淡地說道。

趙燁的回答雖然引起了某些人的不滿，招來了攻擊，但是鄒夢嫻還是信任趙燁與李傑的，叫了一名護工帶著鄒舟去拍片子去了。

這手術因爲受到全院重視，所以沒有排隊，直接拍了片子出來。

趙燁將片子高高舉起，然後邊看邊對李傑說道：「腫瘤範圍擴大了，局部非常脆弱，手術中可能會血管破裂，我們需要注意這裏……」

「沒關係，你是主刀醫生，你想辦法！」李傑開玩笑似的拍了拍趙燁的肩膀，繼續說道：「時間差不多了，手術去了！」

鄒夢嫻聽到這話可不幹了，抓住李傑的胳膊問道：「怎麼他是主刀？難道不是您主刀麼？」

「當然他是主刀，我是助手，手術的問題找主刀醫生，放心，趙燁醫生醫術高明！」李傑趕緊掙脫鄒夢嫻的糾纏，飛快地跑進手術室。

趙燁沒辦法理解這位變態大叔的想法，只能攤開雙手對鄒夢嫻說道：「我只能說我會盡力，你放心，有李傑大叔在不會出什麼問題。另外你也要相信我，這手術我還是有把握的。我答應過鄒舟，我會治好她的。」

包括大腹便便的謝頂領導在內，所有人此刻正忙著看剛剛拍出的片子，長天大學附屬醫院的儀器比不上美國醫院，所以看起來並沒有那麼直觀，但是根據趙燁剛剛所說的內容，卻也能在片子上發現一周以來的變化，這不禁讓幾位專家教授汗顏。

雖然他們算不上什麼頂尖人物，卻也不是那麼無知，他們已經注意到了趙燁這個實習醫生的不同尋常。

就在他們覺得趙燁是個可造之材時，卻又被李傑以及趙燁的話弄迷糊了，這手術難度非比尋常，根本不應該交給實習醫生來做。

即使以這幾位專家教授的自傲，他們面對這樣的患者時，也多半會選擇放棄，更不會像趙燁一樣自信，用那種肯定的語氣來保證手術的成功。

難道這就是所謂的無知者無畏？可他剛剛的表現已經證明了他並非無知，相反誰都看得出趙燁不是普通的實習醫生。

那唯一的可能性就是這實習醫生的確有兩把刷子，可是敢做這種難度的開顱手術也太驚人了。

很多人不理解，他們想找出其中的理由，甚至有人開始懷疑，是不是李傑爲了討好鄒夢嫻這個明星，故意接下這個超出能力範圍的手術，又害怕失敗，所以讓自己的徒弟主刀？

從病房出來的專家教授以及胖領導拒絕了龍瑞院長去辦公室看手術的邀請，而是跟大多數醫生一樣坐在手術室的觀摩台上。

他們要看看這個實習醫生到底如何完成這個史無前例的手術！

手術未開始，觀摩台上卻已發出一片驚歎，趙燁以他特有的方式震撼著全體醫生們的神經。

不用看CT片子直接在患者的頭顱上畫線定位，然後在手術開始時，趙燁竟然站在患者左側，右手持柳葉刀，分明是一副主刀的樣子！

當真是史無前例的手術，不僅難度史無前例，李傑在成爲正式醫生後，給人當助手也是史無前例！

第五劑

踏入上帝領域的人

在手術進行到兩個小時的時候，腫瘤終於完美取出。那是一個巨大的腫瘤，差不多有雞蛋大，形狀不規則，在顱內取出這樣大的腫瘤，只用了兩個小時也算是一個創舉。

取出腫瘤還不算，後面分離癌變組織更是可以用神蹟形容。

根據柳青的方法，趙燁開始進行這台手術最後的，也是最困難的部分。

柳青曾經感歎，大腦是上帝的領域，而他是第一個踏入上帝領域門檻的人，至於第二個人他毫不猶豫地選擇了趙燁。

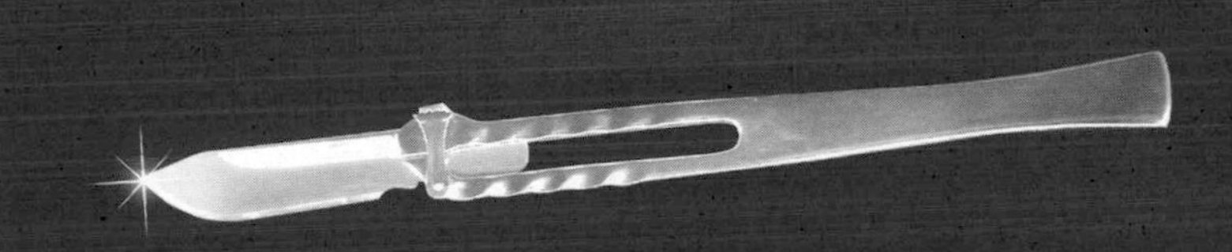

實習醫生有資格進手術室，有資格當助手，卻沒有資格當主刀醫生，這是明文規定的。可現在卻沒有人追究這些，患者的家人鄒夢嫻默認了這一切，院方更是直接忽略了趙燁實習醫生的身分，雖然在手術記錄單上主刀醫生的名字還是寫著李傑，可實際的主刀是趙燁。

手術在外行人眼中是神秘的，在外科醫生眼中卻是稀鬆平常，很少有手術能夠觸動他們已經麻木的神經。

然而今天的開顱手術卻極大地震撼了這群醫生們，也將通過攝影機經過電視機震撼全市人民。

大多數百姓都沒見過完整的手術，更沒見過將活人開膛破肚，血肉模糊的場景。於是乎今天長天大學附屬醫院這個手術的專題報導成爲電視台的炒作話題。

電視台甚至不顧手術中血肉模糊所造成的負面的不和諧影響，堅決播放手術的全過程。電視台重視的原因一是爲了提高收視率，二是因爲醫院的大力邀請。

長天大學附屬醫院希望借助這次手術將醫院的名聲傳播出去，以吸引更多的患者，雖然這個只有一千五百個床位的醫院已經住了兩千個患者，但是誰在乎呢？

站在手術室觀摩台上的人，每個人都有自己的想法，患者唯一的家屬鄒夢嫻始終沒有勇氣踏上觀摩台，她不敢看妹妹的手術。一個人關在封閉的病房裏，不住地祈禱著。

那位禿頭胖領導則帶著他的專家教授們搖身一變成了電視台的嘉賓解說員。醫院裏其他的醫生們除了需要工作的以外，其他人都來現場觀摩手術，除了看熱鬧，更重要的是學習。

期待已久的手術一開始就叫人吃驚，誰也沒想到趙燁這個實習醫生竟然是主刀，而被稱爲醫聖的李傑卻是第一助手。

趙燁在手術台上的實力有目共睹，大家不懷疑他能力出眾，但趙燁畢竟是個實習醫生，能力再強也總要有個限度。

在這種難度的開顱手術中擔任主刀實在讓人無法相信，於是那些關心趙燁實力的醫生們開始在趙依依這裏尋找答案。

趙依依對趙燁的瞭解不可謂不深刻，她面對疑問，突然想起來那次爭奪最佳新人獎時的場景，手術的頭一天夜裏，趙燁在黑暗中如雕像一般模擬手術。

隨後第二天那台讓多多取得最佳新人獎的腦幹腫瘤取出術，那獎項原本就應該是趙燁的，那次他也是名義上的助手，實際上的主刀，他很完美地完成了手術，但那次手術難度比這個要小很多。

面對眾多人的疑問，趙依依只淡淡地回答：「看下去就知道了，這不是他第一次做這種手術！」

趙依依淡淡的話語傳到其他醫生耳朵裏已然不同，每個人都盯著手術台，看這位二十出頭的年輕人是如何完成這台史無前例的手術。

爲了這台手術，院長龍瑞調用了醫院裏最好的麻醉師與護士配合李傑。可他也沒想到主刀的竟然是趙燁，對此他有些擔心，不過也有些興奮，畢竟李傑不是醫院的醫生，而趙燁畢業以後多半會留下。

趙燁的刀很快，雖然他從學習手術開始就是看著柳青的錄影學習的，可他的手術刀目前看來更像李傑的風格。

柳葉刀劃破皮膚留下一抹嫣紅，鮮血來不及湧出就已經被止血夾壓住。

電視台的攝影師將鏡頭通過隔音玻璃，對準了手術台上患者即將被切開的部位，然後又轉換鏡頭對準了主持人。

面容甜美的主持人手裏拿著麥克風，對著鏡頭微笑著說道：「電視機前的各位觀眾朋友們大家好，現在我給大家轉播的是長大大學附屬醫院的一台手術，這台手術並不是普通……現在請專家來爲我們講解手術的過程。」

所謂的專家自然是那位頭髮謝頂、大腹便便的領導。他對著攝影機不慌不忙地說道：「手術第一步是麻醉，然後撲消毒巾，手術刀切開頭皮則是手術的二步。人的頭皮很厚，血管也很豐富，所以在切開後要用止血夾……」

待胖領導說完，攝影機再次切向手術台，鏡頭出現的是開顱手術中最暴力血腥的一幕。用電鑽噠噠噠地在患者頭上打洞，然後用線鋸穿過兩個洞將頭骨鋸開。普通人根本無法想像開顱手術中如此暴力的畫面，飛濺的血液、斷裂的骨頭……

電視台那位主持人已經嚇傻了，那位胖領導更傻了，他想不到手術進行得如此之快，他剛剛說到切開頭皮，下面已經打開了顱骨，他算是丟人丟到家了。

應該錄的東西完全沒錄到，眼前這血肉模糊的景象不夠和諧，拿回電視台估計也要切掉。手術的開始階段趙燁並不是很快，不過是這些人不熟悉趙燁的節奏罷了，其他看過趙燁與李傑上一台實戰演習手術的醫生，並不覺得手術開始部分有什麼特別。

胖領導冷汗直流，如果在電視機前出醜，以後就不用混了，可現在又沒辦法臨陣退縮，他只能看著台下的手術繼續充當電視台的解說。

「這台手術速度其實並不重要，顱內手術對於細節的要求更加嚴格，越是進入顱內，越是要求細節。」

「剛剛這位主刀醫生速度有些過快，其實完全沒有必要，我覺得他應該放慢速度，掌握好節奏。」

胖領導開始爲自己辯解，他當慣了領導，嗓門過於洪亮，附屬醫院的其他醫生聽到了他的話，紛紛投來鄙視的目光。

在對待外敵的時候，醫生們還是很團結的，再怎麼說趙燁也是從這裏走出來的。有一句話從趙燁開學第一天就被寫成橫幅掛在牆上，今天你以長大爲榮，明天長大以你爲榮！這一天長天大學附屬醫院的醫生們的確以趙燁爲榮！

其實這胖領導說得也沒錯。只是他沒看懂趙燁速度快是快，可也沒忽略操作的精確度。手術要求穩、準、輕，趙燁在這些要點上更是加了一個快字。

他的動作非常快，卻沒有降低品質，硬腦膜吊線、切開，隨著血液流動而跳躍的大腦裸露出來。

這時電視台的主持人已經驚呆了，她也是第一次見到手術，更是第一次看到大腦。手術室觀摩台上靜悄悄的，大家都目不轉睛地盯著手術台，誰都知道現在進入關鍵時刻了。

禿頭胖領導終於找到了機會，他要找回剛剛丟的場子，面對著攝影機以及美女主持人的麥克風，侃侃而談。

「現在已經進入了顱內切除腫瘤的階段，首先是這個顱內腫瘤的位置非常深，要將腫瘤取出非常難，周圍都是脆弱的腦組織，稍有不慎就會導致破裂出血，顱內出血可不是鬧著玩的，只要出血就很難止住，也就是說，只要出血，幾乎就可以宣告手術失敗。」

「在這裏手術要非常注意，手術的可操作範圍非常小，對術者的要求很高，在我省也只有幾位專家可以做到，本人就是其中之一！」

胖領導的話讓主持人眼前一亮，於是又將麥克風遞到他面前，詢問道：「我聽說台下的主要醫生是李傑教授，請您給我們講解一下李教授目前手術的具體情況吧！」

現在台下進行手術的並不是李傑，可胖領導卻不管那麼多，他清了清嗓子盯著高倍攝影機，可是他咳嗽了半天，卻愣是一句話都沒說出來。

胖領導揮手示意暫停，然後跑到那些跟著自己一起來的幾位專家教授身邊，開口問道：「你們誰知道他這是什麼方法？我怎麼從來沒見過？是不是最近什麼論文發表的新方法啊？」

「不可能啊，我昨天才看了柳葉刀雜誌，也沒發佈這方面的論文啊！不會是他們獨創的方法吧？」

幾個人議論紛紛，雖然聲音很小，可周圍的醫生都聽到了，其中有個一般外科的年輕醫生好心地提醒了幾位專家。

「這是李傑醫生跟他的弟子趙燁最近發明的手術方法，具體方法還沒在國外權威雜誌上公佈，這是專門針對膠質瘤的癌細胞『韭菜樣』四處擴散增殖的特徵設計的切除法，無論癌細胞怎麼擴散都有辦法切除，切除得既乾淨，又避免了損傷多餘的腦組織。可惜說起來容易，做起來太難……」

這幾位專家與教授的名號也不是白叫的，看到現在，他們終於明白了什麼叫做差距，不過與李傑的差距還好理解，這位在手術台上奮鬥了二十多年的老醫生，被人尊稱為醫聖，自然有他的道理。

可眼前這位主刀的實習醫生呢？他能夠讓李傑為他當副手！以李傑對手術嚴謹的態度，即使再寵愛弟子也不會拿手術開玩笑，趙燁能做這個手術，說明他得到了李傑的認可！

大腹便便的領導那幾乎沒什麼頭髮的腦門出現了豆大的汗珠，他現在完全看不懂這手術了。

看不懂主刀是如何判斷癌變組織與正常組織，看不懂他究竟是根據什麼來切除腦組織，又不損傷腦的正常功能。

趙燁的手術刀精確到了毫米，每進行一步操作都小心翼翼，此刻觀看手術的醫生們雖然都是內行人士，可都跟那位謝頂的大肚領導差不多，幾乎看不明白手術。

顱內癌變組織剝離非常困難，趙燁這是第一次在手術台上應用，之前他只在解剖室對屍體進行過手術。

手術台上的是鄒舟，他的朋友，他關心的人，趙燁不希望出現任何差錯，不希望手術失誤給鄒舟今後的生活留下什麼不良的影響。

上手術台前趙燁的壓力很大，前所未有的緊張，上手術台以後他完全專注於手術，雖然不能將緊張感完全忽略，卻也沒有那麼嚴重了。

手術有條不紊地進行著，趙燁的老師李傑，同時也是這台手術的助手，對整台手術都裝在心裏，他在得到柳青給出的計畫後，就對這台手術有著巨大的信心，因此他將這手術交給趙燁主刀。

隨著手術的進行，趙燁的動作越來越慢，遠遠地望去，人們甚至看不清他手部細微的移動。

觀摩台上的禿頭胖領導汗如雨下，不時掏出手絹擦汗，面對著攝影機的鏡頭，他沒辦法再隱瞞。

「我無法知道這手術的具體方法，他們應該是用了一種國際上領先的新方法，或者這方法還沒有公佈。但可以肯定的是，李傑的確是國內乃至全世界頂尖的外科醫生！」

手術台下兩個穿著墨綠色手術衣的人，然而主刀並不是李傑，不知內情的人還以爲是李傑在主刀。

在手術進行到兩個小時的時候，腫瘤終於完美取出。那是一個巨大的腫瘤，差不多有雞蛋大，形狀不規則，在顱內取出這樣大的腫瘤，只用了兩個小時也算是一個創舉。

取出腫瘤還不算，後面分離癌變組織更是可以用神蹟形容。

根據柳青的方法，趙燁開始進行這台手術最後的，也是最困難的部分。

柳青曾經感歎，大腦是上帝的領域，而他是第一個踏入上帝領域門檻的人，至於第二個人他毫不猶豫地選擇了趙燁。

趙燁跟柳青、李傑這類醫生比，當然還差了一個等級，他欠缺的只是臨床經驗，至於學習能力，趙燁絕對不比任何人差。

後半段手術對於術者來說很是驚險，可對於那些觀看者卻是非常乏味，因爲操作太過細緻看起來無聊，而且大腦內部結構太複雜，手術方法更是複雜，根本看不懂！

可長天大學附屬醫院的醫生們卻看得津津有味，一直到手術結束，他們都在觀摩台上沒有離開。

這一年來，長天大學附屬醫院的公開手術一次比一次震撼，一次次衝擊著醫生們的神經，甚至很多外科醫生說看了這些手術，學到的東西不多，卻讓自己沒信心了。這種難度的手術沒一定基礎是學不會的，水準不同的人學到的東西也不同。

又過了一個小時，手術結束。趙燁很小心地縫合頭皮，鄒舟是女孩子，對外貌要求很高，雖然有頭髮遮蓋，卻也想能完美。

李傑對此則不以爲然，甚至打趣趙燁道：「你這種縫合可以去當美容醫生了，估計會有很多美女纏著你！」

手術接近尾聲，趙燁也放鬆起來，打趣李傑道：「你那麼喜歡美女，你怎麼不去？」

「找美女還用這種招數，我魅力四射，在哪裏都有美女！」李傑不屑地道。

兩個人的對話讓手術室內的麻醉師和護士們一臉黑線，這算什麼超級醫生？簡直是斯文敗類、流氓醫生。

最外面的縫合用了趙燁十分鐘，最後又小心地用消毒敷料覆蓋。隨後麻醉師開始注射藥物解除麻醉。

鄒舟這個手術損傷太大，術後喚醒幾乎是不可能的，可在其他人準備離開的時候，趙燁卻依然站在手術台旁。

趙燁覺得鄒舟會清醒。

趙燁的固執也引起了其他醫生的興趣，雖然沒人相信，在這麼大的手術之後，患者會馬上醒來。

李傑也沒走，這台手術是他正式成爲醫生後第一次當助手。助手往往能看清全局，這台手術具體做到什麼程度，李傑最清楚，可對於鄒舟能立刻清醒，卻沒有多大信心。

趙燁堅信這是完美的手術，一般手術在術後都要求看到患者清醒才算結束，在這之前是不能離開的，鄒舟這台高難度手術雖然不同，可趙燁依然守在這裏。

站在觀摩台上的醫生也都默默地看著手術台，鄒夢嫻不知什麼時候也站在了觀摩台的角落裏，雙手放在胸前，低著頭默默地爲妹妹祈禱著，無比虔誠。

麻藥作用消失得很快，趙燁在鄒舟耳邊不斷地呼喚著她的名字，又過了大約半個小時，鄒舟先是喘著粗氣咳嗽了幾聲，然後慢慢地睜開眼睛，隨後又閉上。

雖然時間很短，可這證明了她的意識在漸漸恢復，經歷了這麼大的手術還能這麼快醒來，簡直是奇蹟。

趙燁興奮得有些發抖，他又連續問了鄒舟幾個問題，以確定她神志清醒。雖然她不能完全回答，卻知道自己的名字、年齡，唯一可惜的是，她還不認識趙燁。

完美的手術，完美的結局！

醫生們開始歡呼，美麗的鄒夢嫻流著興奮的眼淚，感謝上天的保佑。

趙燁指揮護工將病人推到病房，脫掉手術衣，走出手術室，守著飲水機大口大口地喝水，手術室中那種無所不能的氣概此刻一點不剩。

李傑也是如此，趴在飲水機前喝水，這對師徒甚至為一杯水而你爭我奪。

兩人對前來祝賀的醫生也只是點頭示意，此刻趙燁如釋重負，從走進醫院開始，他就認識了鄒舟，幾個月過去了，如今終於治好了她，這也算是完成了一件心事。

趙燁不知道喝了幾杯水，終於不再感覺口渴。手術長達六個小時，年輕的趙燁能夠忍受饑餓、勞累，卻無法忍受口渴。

趙燁剛把水杯丟在一邊，就看到有人遞過來一張手帕紙，趙燁回頭一看竟是趙依依，這位姐姐滿臉敬佩地看著趙燁，說：「真沒想到我的趙燁成長得這麼快，前幾天還是實習醫生，現在卻成為了全醫院最有前途的大醫生，這麼困難的手術竟然也能完成。」

「沒什麼，一個手術而已！」趙燁剛說完，腦袋就挨了趙依依一下，隨後他聽到趙依依嗔怒道：「這還沒什麼，沒有你這樣打擊人的。下次有機會你要教我這個手術哦，我剛剛都沒看懂你的手術。」

趙燁當然應允，可是這樣的病人少之又少，等機會不知道要等到什麼時候。

沒看懂手術的不只是趙依依一個人，還有那位禿頭的胖領導以及他的省醫院教授專家組。

這次那胖領導可沒有昨日那種高傲了，幾位專家教授也不敢輕視趙燁跟李傑。他們原本還以爲手術的是李傑，現在知道了主刀醫生是趙燁後更加驚訝，趙燁這個實習醫生怎麼看怎麼是普通的學生，特別是剛剛喝水的樣子，哪裏像個超級醫生？

胖領導感歎了一陣後，對趙燁說道：「小兄弟真是厲害，年輕一代你是個中翹楚啊，上次在省協和醫院隆輝藥業醫學研討會的最佳新人也不如你！」

說起隆輝藥業醫學研討會不過是幾個月前的事情，趙依依笑著看了一眼面無表情的趙燁，對這位胖領導說道：「上次研討會我們也參加了啊，我也獲獎了，難道您忘了？另外獲得最佳新人獎的那台手術也是我們這位同學做的哦，不過獎項被他搭檔拿走了。」

胖領導跟他的專家組當然知道當時的情形，他們爲了照顧多多，將最佳新人獎給了她，誰都知道多多的搭檔才是最佳新人，可他們都不知道那個人就是趙燁，現在正是哪壺不開提哪壺，幾個人開始冒虛汗。

當時趙燁默默無聞，不是名師子弟，又沒有什麼背景，而且在手術室中穿著手術衣，戴著帽子，誰都沒看清趙燁的臉。時間又過了很久，所以現在誰都沒認出趙燁。

這幾個人算起來當時都是評委，對那獎項的評定起了決定性作用。此刻想起對趙燁的不公平，在趙燁與趙依依面前不免顯得尷尬。

趙燁其實根本沒把那件事放在心上，所謂的新人獎不過是個名頭而已。現在他更在意的是鄒舟的術後恢復情況，以及抗癌藥品的後續研究進度。

趙燁瞇著眼睛微笑著對那位胖領導說：「您過獎了，您如果不是公務繁忙，這手術由您來做應該更加漂亮。我們這些醫生做的其實都是小事，一次只能拯救一個人，您做的才是大事啊，您的一個決策可是能拯救千萬人的！這些小事情交給我們來做就行了，至於大事還是要您來決策！」

趙依依驚訝地看著趙燁，她奇怪趙燁這憤世嫉俗的小子什麼時候學會拍馬屁了。正在納悶，又聽到趙燁說：「我們這裏有個抗癌藥物計畫，我聽說您要大力支持，在這裏我要感謝您。另外我希望您能多批准幾家醫院作爲臨床試驗，這裏適合藥物試驗的患者太少了。還有我還希望我們能夠自由研究這個藥物，不受其他同行的干擾。」

禿頭胖領導這一天其實很鬱悶，他丟臉丟了一天，甚至在電視台錄影時還丟了人，這下終於在趙燁這裏找到了面子。

當然他也聽出了趙燁的意思，趙燁是說他當領導就應該做好本職工作，又當官員又搞研究，只會弄成四不像。

「這個當然要大力支持！不僅是這次，以後如果開工廠，我們還會提供更多的支持，在財力、政策上有什麼要求儘管開口。」

開工廠就免了，我可管不著那些。趙燁心裏想著卻沒有說出來，只是微笑著表示感謝，然後與這些人東一句西一句地聊著。

正聊著，趙燁看到不遠處的鄒夢嫻，她站在一個不易被發覺的角落裏，似乎在猶豫著什麼。

其實鄒夢嫻一直在等趙燁出來，可趙燁出來以後就去喝水，接著身邊又出現了亂七八糟的人。

鄒夢嫻將自己包裹得嚴嚴實實的，就是怕被人發現，可弄得再好，趙燁身邊那麼多人也會被發現的。

她想一走了之，可又擔心妹妹的病。雖然剛剛看到妹妹醒了，可是鄒夢嫻還是擔心，她要親耳聽到醫生的保證才能放心。

趙燁當然知道她害怕被發現，又想知道她妹妹的情況，於是對專家們告假，跑到鄒夢嫻身邊，說：「放心，手術非常成功。鄒舟已經醒了，但是現在還不能打擾她，鄒舟需要休息幾天。」

「謝謝你，還有李傑醫生。我真不知道如何報答你們。」鄒夢嫻用略帶激動的聲音說。

那胖領導一直在注意趙燁，他知道鄒夢嫻的身分，看到這兩人在一起聊天，於是也湊過去說道：「今天晚上有個小型宴會，幾位不知能否賞臉參加？私人宴會，都是熟人。」

趙燁面對熱情的胖領導沒法拒絕，只能點了點頭，鄒夢嫻面對胖領導又恢復了高傲的樣子，她不顧那胖領導期待的眼神，婉言拒絕了他的邀請。

在離開前，她又轉身走到趙燁身邊，遞給趙燁一張名片，說：「這是我的聯繫方式，你有空的時候打給我，我有事情跟你說！」

趙燁愣了，這大明星找自已有什麼事？難不成真要以身相許，趙燁在內心尖叫了一聲，可自知之明趙燁還是有的，大明星找他多半是爲了鄒舟的病情。

禿頭胖領導看到鄒夢嫻離去歎息不已，看到趙燁得到了人家的聯繫方式又很羨慕。

他湊到趙燁身邊感歎道：「你真有福氣啊，不僅有我邀請你，還有美女的私人邀請呢。」說完還一臉賤兮兮地笑，笑得臉上、肚子上的肥肉直顫。

禿頭胖領導姓高，至於名字趙燁懶得記，因爲人人都叫他高廳長，趙燁也跟著大家叫他這個名字。

高廳長不僅邀請了趙燁，還邀請了李傑、趙依依等其他醫生，對於領導的邀請當然沒有人拒絕。

私人宴會舉辦的地點在一家小型酒店，酒店門口停滿了高檔車，當地人一看這些車的牌子就知道這車是屬於誰的。

這群醫生卻是高廳長最重視的人，拉著李傑、趙燁等人介紹給自己所有的朋友，最後還很神秘地拉著趙燁說：「這些人你要多認識，對你以後的事業很有幫助！」

趙燁對此有些哭笑不得，挺著大肚子的高廳長想法不錯，可趙燁自己都不知道畢業以後會在哪裏發展，給他介紹這些當地的權貴有什麼用呢？

而且趙燁也不喜歡這種場合，他交朋友從來不會爲了某種目的去交，可趙燁又不好駁了高廳長的面子，只能跟著他到處跟人寒暄。

這種場合最適合趙依依了，她本來就善於交際，再加上人長得漂亮，所以非常受歡迎，猶如一隻蝴蝶，走到哪裏都是眾人的焦點。趙燁好不容易跟著高廳長轉了一圈，這一圈下來他也沒發現什麼能交的朋友，這些權貴能跟他這個實習醫生說話多半是看著高廳長的面子。

終於擺脫了高廳長，趙燁一個人跑去吃東西，說起來他的確有點餓了，手術了那麼長時間，胃裏早就排空了。

所謂上層人士多半喜歡舉辦雞尾酒會、高爾夫球會等，他們以這種方式交流，在這種交流中談生意、發展人脈。

趙燁在這種場合則只顧吃東西，因爲他餓了，當然他吃相還算不錯。優雅的鋼琴聲在耳邊響起，這讓趙燁想起了菁菁，現在的她已經回家辦理出國手續了吧。

趙燁有些失落，或許該去送送她，可自己又見不得那種離別。惶然失措間，他看見趙依依向他走了過來。

今夜的趙依依特意穿了一身晚禮服，粉頸上戴著耀眼的寶石項鏈，可見她很重視今晚的這個私人聚會。

趙依依白皙的手拖著一隻高腳杯，優雅地走到趙燁身邊，淡淡地說道：「怎麼一個人在這裏？」

「這種場合不適合我！」趙燁淡然道。

「哎，不是姐姐說你，我知道你不喜歡這種虛情假意的應酬，可你要明白，這些都是人

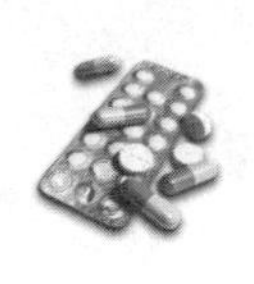

生必須經歷的，你必須學會應對這些，你馬上要畢業走入社會了，在醫院我可以讓你隨心所欲，畢竟我將來是要當院長的，可走入社會呢？你這樣會得罪很多人，你不再是一個實習醫生，你馬上就是一位醫生了！」趙依依歎了口氣道。

趙燁笑了笑，關於未來他一直在考慮，可越想得多越迷茫，他註定了要當醫生，可具體去哪裏，做什麼，卻沒想好。

趙依依看著趙燁漠然的表情，以爲他在擔心，於是拍了拍趙燁的肩膀道：「不用擔心，我繼任院長已成定局，到時候你跟著我在長天大學附屬醫院就好了！」

「我還沒想好，我的意思是，我沒想好到底去哪個醫院！」趙燁低聲說道。

趙依依從來沒想過趙燁會離開長天大學附屬醫院，她總以爲趙燁還是那個跟著她一起手術的實習醫生。

所以聽到趙燁的話後，她愣了一會兒，隨後恢復了微笑道：「是我錯了，你現在已經不是那個實習醫生了，長天大學附屬醫院這個小廟留不住你了。」

趙依依雖然微笑著，卻有些落寞，她並沒有怪趙燁，換了任何人有趙燁這樣的本事，都不會甘心在長天大學附屬醫院這種小地方待著，趙燁幫了趙依依那麼多已經很不錯了。

趙燁選擇離開不是因爲嫌這裏小，而是覺得在長天大學附屬醫院沒什麼發展。

趙燁不知道怎麼跟趙依依說才好，其實他挺喜歡跟趙依依一起共事的，這位姐姐對他一直很關心、很照顧。

可天下無不散的宴席，有相聚就有分離，趙燁畢業了，應該離開這個醫院了。

高廳長覺得有些冷落了趙燁，因爲這位他最看重的醫生竟然只跟趙依依聊天，卻沒有其他人陪。

於是他挪動著肥胖的身軀走到趙燁面前說：「兩位聊什麼聊得這麼高興，不如說出來給我聽聽。」

「沒什麼，只是隨便說說。」趙燁笑道。

「高廳長，我這個弟弟馬上要畢業了，他看不上我們長天大學附屬醫院這個小醫院，想要去大醫院呢！不知道您那裏有沒有位置啊？」趙依依半開玩笑半認真地說道。

高廳長抹了一把他那肥嘟嘟的臉，試探著問道：「他還真是個實習醫生啊？工作還沒找？這個不用怕啊，有這水準什麼地方不能去啊！你跟那些水貨大學生不同，你有實力，能獨自上台手術還怕什麼？」

「那就麻煩高廳長了，我先替弟弟謝謝你！」趙依依笑得很甜，一副很高興的樣子。

趙燁看著這兩人就這麼一會兒工夫就把自己前程給定了，他趕緊打斷兩人，對高廳長

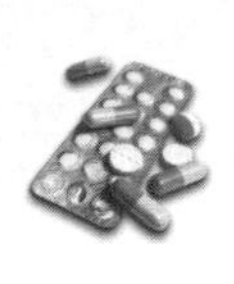

說：「高廳長就不麻煩您費心了，我還沒打算工作，畢業後我打算先到處走走。」

「你是打算出去遊歷？年輕人出去走走也是好的，如果想要工作的話可以來找我。別的不能保證，醫院的位置還是有的，另外我還希望你能給我做私人醫生呢！」高廳長白高興一場，有些落寞地說。

趙燁只能點頭陪笑，看著高廳長那胖嘟嘟的身體漸漸走遠。

趙依依在一旁將手中的紅酒喝光，好奇地對趙燁說道：「我真不明白你在想什麼？剛剛高廳長已經答應了，你難道還不滿意麼？你到底想要什麼樣的未來？」

「我現在也不清楚，我也想知道答案！」

「真是拿你沒辦法，算了，你慢慢想吧，什麼時候想回長天大學附屬醫院就跟我說一聲，永遠都會給你留個位置。」

有的時候，朋友之間並不需要多說什麼，趙依依簡單的一句話卻讓趙燁溫暖了好久。看著宴會上那群人虛情假意的笑容，趙依依冷冰冰的語言更是讓人覺得友情難能可貴。

從上大學到現在趙燁朋友不少，可是真心的朋友卻不多。他總是在努力的尋找可以相交一輩子的朋友，可事實總是如此殘酷，在利益與金錢的世界中找到好兄弟、好朋友的機率太小了。

趙燁厭倦了虛情假意的笑容，更加厭倦了爾虞我詐的交情。

或許他太過憤世嫉俗，可趙燁就是這樣的一個人，面對相互利用的朋友，他寧可敬而遠之。

或許他這樣的人不會有很多朋友，但他的朋友絕對都是能夠雪中送炭的人，這樣就夠了，一生中能夠有幾個好朋友就知足了。

宴會剛進行到一半，趙燁就待不下去了，他一個人偷偷地溜了出去，剛出門就發現有人跟他一樣溜出來了。

那身影分明是李傑大叔，趙燁仔細回想了一下，剛剛一直沒看到李傑大叔，原來他跑到這裏來了。

「大叔，你怎麼跑出來了？剛剛我聽他們說，一會兒有特殊活動哦，是你最喜歡的那種！」

趙燁已經習慣了跟李傑開玩笑，往常李傑都會跟趙燁一起鬧著玩，可今天他卻出奇的嚴肅。

「嗯，我知道！他們這種人都是這樣，這種上流人士的交際會總會有很多漂亮女人來，不足爲奇。」

「大叔，你怎麼了，一副苦大仇深的樣子！」趙燁與李傑肩並肩地坐在一起，見李傑表情嚴肅，表情嚴肅的李傑頗有幾分硬漢的味道，黝黑的皮膚與強壯的身體再加上棱角分明的英俊面容，完全可以出現在二戰電影裏。

「沒什麼，就是透透氣。對了，我剛剛還想找你，沒想到你自己出來了，正好跟你說些事情。」李傑習慣性地摸出一根煙點燃，吐了個煙圈對趙燁說：「你要畢業了，打算怎麼辦？」

趙燁一愣，今天怎麼大家都在討論他畢業的事情。可仔細想想，他的確應該考慮一下未來了。

他要畢業了，時間飛快。

五年前他還是剛剛踏入校門的新生，幾個月前還是一名實習醫生，可現在就要畢業了，要當一名真正的醫生了，趙燁不怕走向社會，只是迷茫不知道應該去哪裏。

從前他只想要一份安定的工作，現在他的追求不僅限於此。

「不管怎麼說，我對你已經很放心了，鄒舟的手術算是我這個師父最後一次教你！我教你的東西不多，確切地說是我不能教你太多，如果跟著我時間太長，我打在你身上的烙印太多，你還怎麼超過我！」

李傑爽朗地笑著，看似毫無道理的語言卻讓趙燁一陣感動，鄒舟的手術完全是李傑故意設計讓給他的，李傑一直都在關心著他這個徒弟，這手術算是趙燁的畢業考試，從一名實習醫生到真正醫生的考試。

「好了，也不多廢話了，你以後的路要自己選擇，你打算怎麼辦？」

「我還沒考慮好，我想我應該先回家。」

李傑點了點頭說道：「你們這一代人都是獨子，應該多關心一下父母，先回去看看也好，聽聽父母的意見，再考慮一下。」

第六劑

有病不願治的心理

二老看著趙燁的決絕，沒有辦法只能聽從兒子的建議，其實很多人都跟趙燁的父母是一樣的，有病不願意治療。不願意治療的原因有很多，首先是病情並不嚴重，不影響生活，所以沒有引起重視。其次是看病太貴，個別醫生太黑，進一次醫院別說有病，就是沒病也要折騰出點病來，別說普通的工人家庭，就是富有人家一年也禁不起幾次折騰。

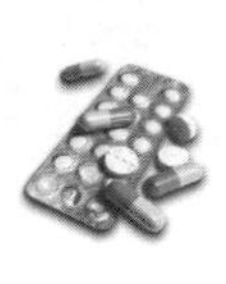

趙燁清晰的記得，第一次握著手術刀時的場景。

他用極其拙劣的手法給實驗室可憐的小白兔開刀。那是一隻被麻醉得不夠深的兔子，手術刀順著雪白的絨毛滑下，切口不整齊不說，順著手指縫還濺出一股鮮血，弄得他白大褂紅了一片。

可憐的兔子因爲麻醉不深還在痛苦的哀號，那時候不僅僅是趙燁，所有的同學都差不多。

幾年過去了，趙燁早已不是那個拙劣的術者，如今的他已是跨入上帝領域，在顱內進行最複雜最困難手術的醫生！

趙燁再也不是那個單純只求一個安穩工作的學生了，他現在想得很多，以至於自己都不能明確未來的確切目標。

趙燁現在的打算是先回家，看看父母是怎麼想的。說起來趙燁有點早熟，當然是心理上的，他做事情有時候想得很多，例如在父母這方面。

趙燁重感情，對待父母更是孝順，作爲家裏唯一的孩子，他不能不考慮父母自己一個人在外飄蕩。

當夜從高廳長的私人宴會裏出來，趙燁就著手準備離開了，這裏已經沒有什麼需要他的了，除了那個抗癌藥物，走之前他跟李傑大叔說了這個問題，李傑大叔向他保證會加快研究腳步，不用擔心。

其實趙燁也沒什麼好擔心的，藥物研究很漫長，他即使加入，也無法在短期內實現重大的突破，等他回來也不遲。

趙燁回到出租小屋，看了看這個租了好多年的小房子，髒亂不堪，卻有著美好的回憶。在這裏他沒日沒夜地練習臨床技術、看書學習，這裏有他跟朋友們的歡聲笑語，有菁菁的溫柔。

如今要走了，趙燁有些難受，菁菁已經先一步出國，現在是他離開長天大學附屬醫院的時候了。

趙燁幾乎是所有同學中最後離開的人，與他要好的朋友多半是四年制的，他們去年就已經離開了。

一起的同學則多半選擇回家實習，他們也已經離開，趙燁是最後一個離開的，備顯淒涼。

趙燁離開幾乎沒有人知道，就如同他的手術一樣。

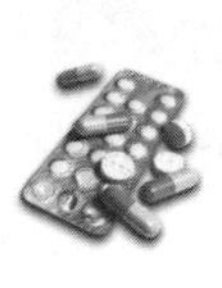

俞瑞敏從上次跟趙燁借了小蝌蚪以後，很久都沒見到趙燁了，倒不是因爲害羞，俞瑞敏現在已經不是那個在校門口被小販圍困得不敢說話的小女生了。

現在的她穿著一身印有卡通圖案的上衣，剪著齊瀏海的頭髮，怎麼看都是人畜無害的小蘿莉造型。

可就是這個小蘿莉，現在門口的毛片小販都不敢惹她，看見她都要躲著走。在長天大學的校內論壇上她更是名人，最開始人們稱她爲瘋狂小爺們，現在大家都親切地叫她暴力小蘿莉。

俞瑞敏自從改變妝扮以後，不僅僅變得更有名了，也收到了生平第一封情書，第一朵玫瑰，當然也是第一次拒絕男人的交往。

然而追求俞瑞敏的人絡繹不絕，可見這個社會是多麼的邪惡，蘿莉控是多麼的囂張，前輩們不斷的陣亡，後來者卻我心依舊。

臨近考試，俞瑞敏是個好學生，每天除了自習室就是食堂跟宿舍，很老實的一個孩子。很平淡的生活，直到這天她在食堂吃飯，發現電視上播放的竟然不是男生們喜歡看的籃球，而是手術室的手術。

作爲一個進過手術室的大一新生，俞瑞敏對手術室還是很嚮往的，當然她更嚮往能夠與趙燁同台手術。

食堂很多吃飯的人都在叫嚷，叫嚷著怎麼沒有籃球看，甚至很多人開始敲桌子抗議，可這次食堂的管理員卻不為所動，只是淡淡地說了一句：「學校領導的命令，你們都給我安靜點！這手術是我們學校的一位實習醫生完成的，比你們大不了幾歲，看看人家在幹什麼，再看看你們！」

實習醫生做手術？這下大家都安靜了，誰都想知道是哪個實習醫生這麼厲害！

俞瑞敏在聽到實習醫生的時候，立刻想到了趙燁，她內心狂跳，找了個靠近電視的位置，目不轉睛地看著電視。

「同學，這裏有人了！」俞瑞敏剛剛坐下，就聽身邊有人說話。

「等一會兒！」俞瑞敏微笑道。

「可是，我要吃飯啊！」那男生很喜歡俞瑞敏的笑容，可他更喜歡吃飯。

「那就換位置！」俞瑞敏露出一副兇惡的模樣。那同學估計是新生，沒辦法只能可憐巴巴地換了個位置。

趙燁的手術很複雜，就連長天大學附屬醫院的醫生們多半都看不懂，更別說這些醫學院的學生了。

可這不影響他們的激情，實習醫生是什麼啊，這裏的學生多半用不了兩年都將成爲實習醫生，現在就業形勢嚴峻，長天大學能出現這樣的人才，讓他們看到了曙光。

雖然他們看不懂，可電視有解說，就是那位大腹便便的禿頭高廳長。這傢伙的解說很有煽動性，特別是最後的那句：我也看不懂了，這手術是世界級別的……

多數人都覺得電視上的人是未來的自己，有一天他們也能完成這樣的手術，可以賺大錢，娶最漂亮的老婆或者老公……

也有少數人小聲嘀咕著：「這怕是什麼領導的孩子吧！」

「就是，騙騙小孩子還可以，一個實習醫生還能手術，開什麼玩笑，學校裏多數實習醫生我都知道，根本就是進去混的。」

「就是，這種炒作的話也有人信！」

幾個憤青肆無忌憚地談論著趙燁。

食堂的桌子如果可以掀翻，俞瑞敏絕對不會客氣，可惜那桌子是無法移動的，所以俞瑞敏只能用手中僅有的武器——飯盆。

俞瑞敏隨手將飯盆丟了過去，然後氣勢洶洶地走到那幾個男生身邊，指著他們的鼻子說道：「別自己不行就說別人！別一副全世界都欠你錢的樣子，你們懦弱無能，不代表別人跟你一樣無能！人家那是實力，你們懂什麼？我以前可是跟著他進過手術室的，人家在救死扶傷的時候，估計你們還在宿舍看毛片吧！」

俞瑞敏的彪悍讓幾人啞口無言，特別是最後毛片二字從俞瑞敏這個貌似純潔可愛的小蘿莉口中說得如此乾淨俐落。

趙燁手術的震撼，加上俞瑞敏的胡鬧，讓整個食堂陷入一片喧鬧中，這個午飯成為了長天大學食堂有史以來最為印象深刻的午飯。當然，俞瑞敏再次登上了長天大學校內論壇的頭條，很多人認識了這個有著蘿莉相貌的彪悍小女生……

俞瑞敏趕走了那幾個男生後，發現自己成了焦點人物，於是趕緊偷偷溜走，掏出手機撥打趙燁的電話。

可電話裏總是顯示您撥打的電話已關機。俞瑞敏已經有一個多月沒聯繫趙燁了，電話沒打通，她本想就這麼算了，可又放心不下，於是又跑到趙燁的小屋。

她知道趙燁有女朋友了，那個漂亮的菁菁。俞瑞敏自問比不上菁菁，更比不上趙燁身邊經常出現的美女老師。

她只想去趙燁的出租屋看看，哪怕只是看他一眼不見面也好！她不知道為何此刻迫切地想見到趙燁，或許是感情壓抑得太久，此刻如火山般爆發出來。

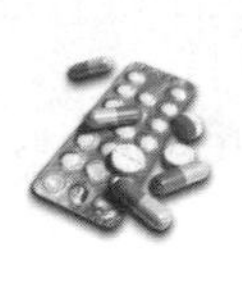

然而她走到趙燁的出租屋時，卻看到一張巨大的白紙貼在牆上，上面寫著幾個大字：此房出租，電話……

俞瑞敏突然覺得很委屈，趙燁就這麼走了，不知道去了哪裏。竟然連個招呼也沒打，也不知道以後能不能見到了，眼淚順著長長的睫毛流下……

找不到趙燁的不止俞瑞敏一個人，還有鄒夢嫺這個大明星，她給了趙燁聯繫方式之後，一直等著趙燁回電話。

鄒夢嫺如果把聯繫方式給其他男人，他們恐怕會迫不及待地給她打電話，可到了趙燁這兒則彷彿石沉大海，杳無音訊。

鄒夢嫺看了看床上昏睡的妹妹，再看看垃圾桶裏不知道誰送來的花，咬了咬牙撥通了趙燁的手機號。

妹妹不能沒人照看，先不說病情如何，這早上不知道誰悄悄送來的一束鮮花，就讓她覺得妹妹需要個私人醫生全天照顧，而她現在能信得過且醫術高明的醫生似乎只有趙燁一個人！可電話一直打不通，鄒夢嫺氣得將電話一摔，心裏不知道罵了趙燁多少遍。

飛機上的趙燁早早地關了手機，聽著音樂享受漫長的旅途，這是他第一次坐飛機。他家離學校很遠，火車要幾十個小時，飛機也要三個多小時。從前趙燁的父母總是勸趙燁坐飛機，可趙燁從來沒坐過，主要是爲了省錢，父母賺錢不容易，能省當然得省了。現在趙燁用的是自己的錢，當然要選擇飛回去。

閉著眼睛聽音樂的趙燁望著窗外，他突然想起來還有個人忘記告別了，早上只是去給鄒舟送了一束花，完全忘記了俞瑞敏那個小丫頭。

飛機上傳來空姐提示飛機起飛的甜美聲音，趙燁想打電話也是來不及了……他只能望著窗外，看著這個讀了五年書的地方，心中默念：

再見了朋友們，我還會再回來的！

許久沒回家的趙燁，下了飛機後才感覺到自己真的想家了，他出生在東北的一個小城鎮，沒有南國的山清水秀。

然而家就是家，無論變成什麼身分，永遠是最思念的地方。

趙燁的家庭很普通，父母都是工人，在這種小城鎮，工人是拿不到多少工資的，所以趙燁從小就沒享受過錦衣玉食的生活。

當然趙燁從來不會怪自己命不好，相反他很知足，雖然他小時候從來沒享受過富人孩子

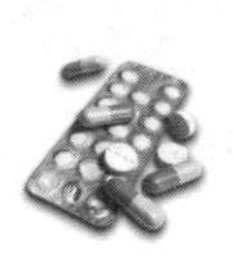

的那些東西，可他也知道，自己吃的穿的都是父母省吃儉用給他買的，這些可是無價的。

下了飛機以後，趙燁還要搭兩個小時的長途巴士，一路上趙燁都看著窗外，很興奮的樣子。

過了一會兒，趙燁又開始發揮他偶像派歌手的特長，開始唱歌，當然他的聲音很小，說哼歌更合適。

學中醫就要抓緊一切時間，將藥材、穴道啊等等一切不斷的在腦子裏打轉。只有這樣，才能將那成千上萬的陌生詞語記住。

車上其他旅客睡覺的、聊天的幹什麼的都有，可就是沒有趙燁這樣興奮的低聲唱歌玩的。

坐在趙燁身邊的是一位六十多歲的老頭兒，仙風道骨的樣子。他一直坐在那裏閉目養神，看起來像睡著了似的。

可他根本沒睡著，他一直聽著趙燁在那裏低聲哼哼，雖然趙燁的聲音小，可他聽得清清楚楚。

「邪之所湊，其氣必虛，肺氣之衰旺，關乎壽命之短長……」

老人聽著趙燁低聲輕唱，終於忍不住睜開眼睛看著趙燁說道：「小夥子，你是學中醫的麼？你是哪裏人？是姓江、姓陳，還是姓李？」

「我姓趙，本地人，我就是個普通的臨床醫學院的大學生。這些中醫理論都是我胡亂學著玩的。」趙燁笑著說道。

老人顯然有些失望。他剛剛聽著趙燁背的東西很是興奮，因爲趙燁唱的內容多半是他沒聽過的，作爲一個行醫四十年經驗豐富的老中醫來說，沒見過的東西太少了。可身邊這年輕人卻有很多他沒見過，甚至想都不敢想的知識，看起來好像很亂，卻又符合中醫用藥理論，這些知識讓他興奮。

當趙燁說他只是個普通大學生的時候，老人略微有些失望，他不是看不起大學生，只是不相信一個現代大學走出來的醫生會有什麼驚人的中醫理論。

「哎，中醫博大精深，你們這些大學生研究的時間還是太短，你剛剛背誦的東西是哪裏得到的？我很多東西都沒聽過。」老人還有些不死心。

「亂背的，我在學校圖書館裏看到的。」趙燁微笑道。江海傳下來的這些東西都是無價之寶，趙燁不是有意藏私，但卻也不能隨意亂傳。

老人終於死心了，中醫雖然沒落，可國內還是有很多中醫世家代代相傳。老人歎了口氣，勾出無限感慨道：「小子，學習中醫可不比西醫，不是亂學亂背的，更不是短時間能學會的，你這一劑藥弄錯了，效果可就差了十萬八千里。學好中醫要很多年，許多有名的中醫都是代代相傳，每一代都是無比寶貴的積累。剛剛我聽你背誦的那些東西實在太過驚人，還以爲你是哪個中醫世家的子弟，現在看來是我錯了。」

趙燁這才明白他爲什麼問自己的姓氏，看來那幾個姓氏都是有名的中醫世家的姓，其中江姓多半就是江海老人他們那一脈吧。

趙燁不想多說，身邊這老人他並不熟悉，況且江海去世的時候雖然將東西留給了趙燁，可趙燁卻不想將那些價值連城的東西亂傳。

於是對老人的疑問趙燁只是笑了笑，然後繼續望著窗外，期盼著能早一刻到家。

然而老人似乎意猶未盡，繼續對趙燁說道：「自古以來中醫世家數不勝數。神州大地歷經磨難，很多名醫聖手千百年來傳下的經驗就此失傳了，真是可惜啊！能傳到今天的名醫世家也就那麼幾支，兩湖的江家、齊魯的陳家，山西的李家最有名氣。這幾家都被傳神了，特別是江家，聽說他們抗日戰爭時期只用了幾味非常簡單的藥材就製造出了上好的外傷藥，救活了不少人……」

老人一臉嚮往地說著，可惜趙燁已經否定了自己和中醫世家有關係，只能抱歉地笑了笑，對老人說道：「我聽說江家似乎跟南方的易盛藥業一起開發了新藥物，抗癌藥物。」

不顧老人的震驚，汽車剛一下，趙燁就消失在茫茫人海之中。

北國風光，千里冰封，萬里雪飄，趙燁回到北方才真正感受到冬天。趙燁從南方回來穿的並不多，然而衣衫單薄的他卻高興地在雪地上奔跑著。

當拎著大包小包的趙燁出現在家門口時，趙燁的媽媽正在做飯，看見寶貝兒子回來先是一陣的激動，趕緊招呼兒子進屋，自然少不了噓寒問暖。

過了一會兒趙燁的媽媽才想起來兒子應該在實習，怎麼不打招呼就回來了。於是有些擔心地問道：「兒子，怎麼不打招呼就回來了，是不是學校出什麼事了？」

「沒事啊，我實習快結束了，另外這不也快過年了麼，我就回來了。」

趙燁媽媽雖然在點頭，卻還有些疑心，但兒子剛剛回來也不好再說什麼，於是又打電話告訴丈夫兒子回來了，並囑咐多買點好吃的。

說起好東西，趙燁這次帶回來不少南方的特產。以往趙燁從來沒買過這些東西，一個沒有收入的窮學生哪裏有錢呢？

趙燁的父親接到電話後很快就回來了，手上拎著不少吃的東西。

趙燁一家算不上貧窮，可也算不上富有。父母都是工人，生活沒有問題，可供養個大學

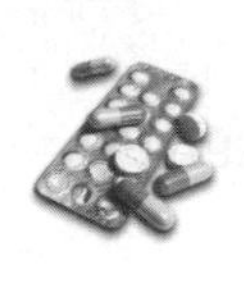

生就不一樣了。

父母從來不說，趙燁原本也不知道，可這兩年趙燁漸漸長大，也明白了父母的難處，否則他不會那麼拚命努力。

三口之家團聚原本是快樂的事情，可趙燁突然覺得有些心酸，因爲他發現，如果不是他回來，母親這頓飯竟然只有簡單的青菜豆腐，而父親剛剛帶回來的東西卻都是趙燁最愛吃的。

飯桌上趙燁沒多說什麼，父母的愛不能用言語表達的，作爲子女對於父母的感激更不是應該用嘴來說出來。

在飯桌上，趙燁直接說出了這次回來的想法，可剛剛說到一半，卻被父親給頂了回去。

「你什麼都不用擔心，高高興興的過了年再說！」

趙燁很想說自己是億萬富翁，爸媽你們以後就享福吧！可想了想，這個還是慢慢來得好，他怕爸媽一時接受不了，反正在家的時間還長。

吃過飯，趙燁把帶回來的禮物都拿了出來，這些東西都是趙燁精心挑選的，趙燁父母看著突然變得懂事的兒子，那種高興的樣子是趙燁從來都沒見過的。

當然趙燁沒告訴他們這些東西都多少錢，趙燁的父母當然也不知道，兒子給他們買的衣服、手錶等等，都是價格超過四位數的東西。

夜裏趙燁回到自己久違的房間，這房間他每天只有寒暑假住，可依舊被母親收拾得一塵不染，整個房間的佈置也跟他高中時一模一樣。

在家裏溫暖的床上總是很容易睡著，彷彿回到了孩提時代，趙燁原本只想休息一下卻直接進入了夢鄉，夜裏他被尿意弄醒，輕手輕腳地準備去廁所，卻聽到父母還沒睡。

「老趙啊，兒子這次突然回來，是不是受了什麼委屈？」趙燁媽媽說。

「別亂想，兒子現在懂事了，我看他這次提前回來也許是有什麼心事，不像是受委屈了。」趙燁爸爸說。

「是不是爲了工作的事啊！昨天同事聊天還說過，現在大學生工作不好找，還說咱們家趙燁這樣的專業找工作更難，聽說咱們這破爛縣醫院都不要大學生。」趙媽媽有些擔心。

「你說的有道理，咱兒子這工作是個問題。本地都這麼難，去外地恐怕更難，不行我們走走關係，給兒子弄個工作。」

「可是咱們沒有關係又沒有錢……」

「我還有幾個同學，以前一直沒敢麻煩人家……」

趙燁一直靜靜地聽著，然後悄悄地退回房間，無論怎麼說，他在父母眼中都是孩子，是

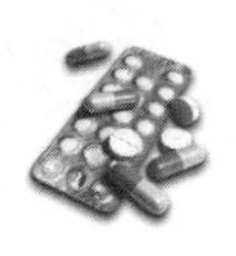

被關心的。

可從這一刻起，趙燁要將這角色換一換了，現在開始，他不會再讓父母爲自己擔心，相反他要爲父母的未來做好一切，讓操勞了半輩子的他們過上無憂無慮的幸福生活。

第二天一早，趙燁乖巧地早起幫母親收拾屋子，雖然只是簡單的拖拖地，疊被子一類的小事，卻也讓母親大感欣慰。吃飯時趙燁想起昨天夜裏父母的談話，於是決定把目前的情況跟父母說說。

「其實你們不用擔心我的工作，我已經有工作了，是做醫生，我畢業了醫院就收我做醫生了。」

趙燁的媽媽一聽立刻高興起來，放下碗筷問道：「工作地點在哪裏？待遇怎麼樣？私人醫院還是公立醫院啊？你怎麼都沒跟我們說過。」

「就是！你這小子，怎麼工作這麼大的事情也不跟家裏商量一下，害得我跟你媽爲了你的工作擔心了一晚上！」趙燁的爸爸笑著說道。

二老顯然很高興，昨日的擔心終於被證明是無用的。在這個年齡層的人，子女的幸福就是他們的一切，他們的喜怒哀樂全繫於趙燁身上。

「我這不就是回來跟你們商量嗎，其實有很多家醫院要我，只是不知道你們喜歡去哪個地方，所以特意回來問問你們的意見。」

趙燁從小就是很平凡的學生，從來沒考過第一名，更沒幹出過什麼驚天動地的大事，哪怕小時候淘氣打架都沒有過。

趙燁在父母眼中是獨一無二的寶貝，可他父母也不得不承認，這個兒子從小到大就沒有突出表現。

雖然對兒子有信心，可現在大學生工作那麼難找，特別是醫學院畢業的學生。他能找到工作的確出乎父母的意料，能被多家醫院邀請更是出乎意料，所以趙燁的父母對此非常驚訝，甚至懷疑這是兒子爲了安慰他們編出來的假話。

「小燁啊，你工作在哪裏都好，不用管我們，你有個好地方工作，我們就安心了！」趙燁的母親說道。

趙燁這下鬱悶了，說沒有工作父母擔心，說有工作還被懷疑，於是他繼續說：「你們還就我一輩子了，這次我肯定要聽你們的，想去任何城市都行，如果不願意離開，我在家附近找個工作也行。」

「家裏有什麼好的，男子漢就應該出去闖闖，好了，你就按自己的想法辦吧，去哪裏都

行，我要上班去了。」趙燁的父親說。

趙燁從有記憶的那一天起，父親就是忙碌的，早出晚歸，每天累得要命，回家裏基本都是在睡覺。

每天匆忙吃過早飯就去上班的身影他再熟悉不過了，然而今天他卻覺得父親的身體有些不同。

以醫學的角度出發，父親的脊柱彎曲度非常有問題，於是他趕緊把父親叫回來，給父親做了個全身檢查。

趙燁無論是醫生也好，是其他什麼職業也罷，在父親眼裏就是個孩子，趙燁的父親當然不太相信這個剛畢業的兒子，可他爲了不讓兒子擔心，只能乖乖躺下。

不用儀器的身體檢查是每個醫學生的基礎，叩診、聽診、觸診等等。趙燁最強的就是基礎操作，在給父親做檢查的時候更是百分之兩百的用心，這還不算，趙燁甚至還伸出三根手指，給父親把脈。

把脈是一門需要學習數十年的功夫，趙燁這方面功力太差，不過雖然診斷疾病不行，但根據脈象判斷身體是否健康很容易。

這一診斷不要緊，趙燁發現父親全身上下都有問題，具體什麼問題不知道，但常年勞累，積下了不少病卻是能肯定的。

給父親檢查完身體以後，趙燁又開始給母親檢查，父母不好駁了兒子這個準醫生的面子，都很配合。

母親的情況跟父親差不多，問題不少，但沒什麼大病。以前趙燁看不出來，現在既然看出來了，自然不能放任不管，於是他就拉著父母要去醫院看病。

讓兒子檢查身體是一回事，看病又是一回事。趙燁的父母這次可是說什麼都不幹了，說什麼也不去。

這可急壞了趙燁，他只能苦口婆心地勸說：「有病就要治，你們現在感覺沒事，可發展下去肯定不行。治病最好的方法就是將疾病扼殺在搖籃中，這個世界只有治不了的病，卻沒有不能預防的病，聽我的去看病吧！」

「不去！哪裏有空跑醫院啊，還那麼多活沒幹呢！」趙媽媽態度堅決。

「我也要上班了！」趙爸爸說著就要走。

趙燁這下怒了，站起來擋在門口說道：「今天必須都給我去，誰也不能離開，檢查很快，放心，用不了多少時間，更花不了多少錢。」

二老看著趙燁的決絕，沒有辦法只能聽從兒子的建議，其實很多人都跟趙燁的父母是一

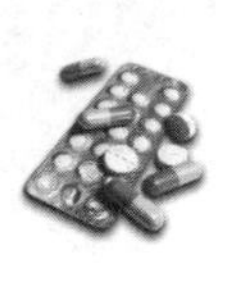

樣的，有病不願意治療。不願意治療的原因有很多，首先是病情並不嚴重，不影響生活，所以沒有引起重視。其次是看病太貴，個別醫生太黑，進一次醫院別說有病，就是沒病也要折騰出點病來，別說普通的工人家庭，就是富有人家一年也禁不起幾次折騰。

趙燁是個醫生，雖然他最精通的是外科，但內科診斷也不差，父母的病他一看就明白，多半是常年勞累累積下來的。

其實要父母看病並不是全部，趙燁想要的是找個藉口讓父母就此休息，父母操勞了半輩子，也應該休息了。

出門後，趙燁找了輛計程車帶著父母去醫院。下車後，趙燁沒少讓母親埋怨他浪費，平時在這小縣城裏，兩位老人都是不捨得坐車的。

小縣城的醫院遠比不了長天人學附屬醫院的規模，這小醫院只有四百多個床位，一年下來接診的患者還趕不上長天大學附屬醫院一季的病人。

爲了父母別說這點錢，再多的錢趙燁也不在乎，他更不在乎母親罵他，甚至還覺得有母親在身邊嘮叨是一種幸福。

到了醫院門口，趙燁的母親先開口說道：「咱們先去找你薛阿姨，有熟人看病方便點！」其實她還少說了一句，有熟人不會被黑心醫生佔便宜。

趙燁點了點頭，從小到大家裏人有病似乎都找這位薛阿姨，這位阿姨叫薛萍，是趙燁母親從小玩到大的姐妹，兩家關係非常要好。

進了醫院他們沒有直接掛號，而是找薛阿姨，她是內科醫生，年紀跟趙燁的母親差不多，文質彬彬的樣子。

小時候趙燁非常害怕這位總是穿著白大褂，帶著聽診器的阿姨。因爲趙燁小時候生病了，總是被媽媽帶到這位薛萍阿姨這裏打針，更可氣的是她的女兒總在身邊，趙燁小時候打針哭泣的樣子都被這位薛萍阿姨的女兒看到了，於是她整天拿著這件事威脅趙燁，從小到大不知道吃了趙燁多少零食，這件事給趙燁留下了不小的陰影，每次見到那個叫琪琪的女孩總是很無奈。

還好這次趙燁只看到薛阿姨一個人，於是放心大膽地走進去。都是熟人，見面了難免噓寒問暖一番，過了許久趙燁才進入正題。

「薛阿姨，我想讓父母做個全身檢查，他們年紀大了問題不少，具體還需要用儀器檢查才能確定。」

「哎，趙燁現在也是醫生了，再也不是那個一打針就哭的小孩子了！」

趙燁差點瘋掉，薛萍阿姨也總喜歡提這件事，不過趙燁小時候的確害怕打針害怕到了恐懼的地步，就算是現在，趙燁還是害怕臀部肌肉注射，每次想起來都頭皮發麻。

玩笑歸玩笑，當薛萍看到趙燁制定的體檢單時終於嚴肅起來，這些體檢項目很專業，完全是針對趙燁父母的年紀、工作特徵，甚至本地的氣候特徵等進行的。這樣的體檢計畫多半是有著十幾年工作經驗的醫生才能制定的。

「這個體檢單是你設計的？」薛萍疑惑地問道。

「是啊，落了什麼嗎？」趙燁可沒想到自己這份體檢計畫單就把薛萍震住了，還以爲有什麼不妥。

「沒有，很專業的體檢計畫，看來趙燁真是長大了變成大醫生了！只是現在我走不開，這兒還要我坐門診，等一會兒我帶你們去做檢查吧！」

趙燁抬手看了看錶，時間已經接近九點了，醫院普遍都是八點上班，科室裏不可能只有薛萍一個人，明顯是其他醫生上班遲到了。

趙燁皺了皺眉頭，他早聽說家鄉這所醫院裏個別醫生素質低下，水準一般，多半都是托關係進來的，原來還不相信，現在看看他們的工作態度，他不得不信。

可就是這樣一個醫院，對本科畢業生還挑三揀四，真不知道這樣的醫院如果都是關係戶，病人要怎麼辦！

「薛姨，你先帶著我爸媽過去吧，這裏我幫你看著，放心，早上沒什麼人，就算有人，一般的疾病我也能處理。」

薛萍看了看趙燁只能點了點頭，趙燁這份體檢計畫表很全面，能夠檢查出絕大部分疾病，但也要耗費大量時間，如果現在不去，等一會兒掛號的人多了，還不知道要檢查到什麼時候。

冬天早上並沒有多少病人，於是薛萍放心將看病的重任交給趙燁，自己帶著趙燁的父母去做檢查了。

第七劑

飯後服藥的玄機

那老人走到趙燁身邊將寫著林石大名的藥方啪的一聲按在桌子上。

「你算個什麼醫生？這是什麼藥方子啊？看病看不懂也就算了，你怎麼能胡亂開藥，你難道不知道這會害死人麼？」

老人正義感十足，絲毫不給趙燁留面子，那位患病的老人更是如此，差點準備動手打人。

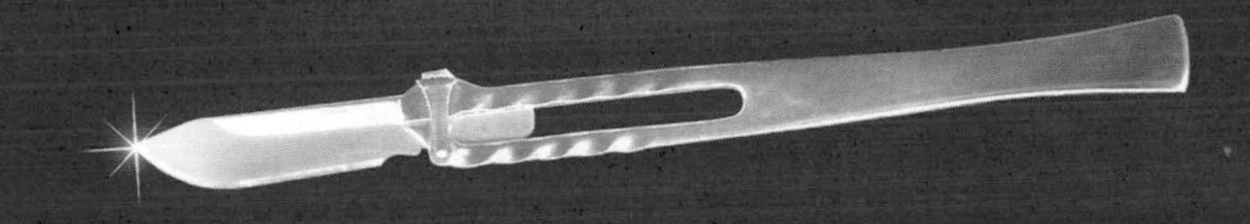

趙燁其實完全能勝任門診工作，唯一的問題就是他不是這裏的醫生，但在這個小醫院裏，不上班都沒有人管，多出來個趙燁誰在乎呢？

又過了十幾分鐘，趙燁也沒見一個人影，更沒有其他醫生來上班，就在他快要睡著的時候，一位顫顫巍巍的老大爺撫著胸口敲門了。

趙燁趕緊站起來扶著老大爺坐下，開口問道：「老大爺你哪裏不舒服啊？」

「我胃疼。」老人捂著胃部說道。

「我來看看！」趙燁說著給老人做腹部檢查。

胃痛有很多原因，可這老人不屬於任何一種。

所以他絕對不是胃痛，趙燁經過簡單地檢查，可以肯定他是胰腺疾病，胰腺跟胃距離很近，很多時候人們搞不清楚兩者到底是哪個有問題。趙燁在肯定他是胰腺病變的同時，還做出了初步診斷，是胰腺癌！

「老大爺，你胰腺有些問題，我給你開點中藥，回去吃了就會好很多，下次再來帶著您的兒女來。」趙燁的意思是想告訴老人的兒女他的具體病情，癌症對於患者本人來說，還是不知道得好。

「胰腺有問題？剛剛那醫生說我是胃病啊，還給我開了胃鏡檢查單呢！」老人有些不信。

「那是他弄錯了，我給你開點藥，你先回去吃吧，這個胃鏡不用做了！」

「小夥子，你確定麼？這胃鏡檢查單可是你們劉主任給我開的。」

現在的病人多半很聰明，信不過醫生就找另一個醫生幫忙再診斷一次，當然這是黑醫生的報導看多了。通常這都是無用功，只會浪費金錢，但少數時候的確有點效果。

趙燁可不管什麼主任不主任的，他直接給老人開了藥方，並且叮囑他服藥的方法，最後還不忘說一句：「您放心，我保證你吃了這藥就不痛了，如果還痛，下午你再來做胃鏡也不遲。」

老人想了想的確如此，趙燁沒必要騙他，更沒有必要得罪那位劉主任。做胃鏡很痛苦，他也不想做那個費錢又痛苦的胃鏡，於是抱著試一試的想法相信了趙燁。

準備離開時，這老人還不忘問了趙燁的姓名，不管趙燁是對是錯，他總得知道趙燁的姓名，對了，可以來感謝他；錯了，也可以來罵他一頓。

「我叫臨時，你叫我臨醫生就行了！」趙燁當然知道老人的想法，想也不想就信口胡謅道。這可是薛萍阿姨的科室，他不再是那個剛剛進入醫院到處找麻煩的實習醫生了，所以用個假名字還是很必要的。

「林石醫生！我就相信你了，去抓藥了！」

老人看著趙燁開出的藥方子，是中藥的方子，紙上的字跡略顯潦草，卻透著幾分瀟灑飄逸的感覺，藥方的末尾寫著林石兩個大字。

他當然不知道林石是假名字，更不知道這藥方並不是治療胰腺炎的，而是對抗胰腺癌的方子。

東北小縣城的生活節奏很慢，以至於這種慢節奏漸漸演化成了普遍的懶散，趙燁在薛萍阿姨的科室裏待了許久，也沒有見到上班的第二個醫生。

人約在十點左右，病人開始多了起來，因為這時太陽已經高高升起，外面也沒有那麼冷了。病人一個接一個地來了，他們多半都是些小毛病，北方這時溫差大，氣壓低，多半是感冒跟哮喘。呼吸系統疾病占多數，一個聽診器基本都搞定了。

一個上午趙燁沒開出一張放射科的單子，更沒有什麼化驗單，患者來這裏看一下就拿著處方走了。

趙燁用藥很有講究，江海老人說過：行醫治病，因人而異、因病而變。對於江海這樣的隱士高人來說，如果有一百種得了同一種病的患者，他也許會根據每個人的特點開出一百份藥方，並且每個人都能治好。

當然趙燁沒那實力，他也就是因人而異地選擇最合適的治療方法。至於沒有開化驗單，趙燁覺得他胸前那個聽診器就夠了，什麼胸片、血常規、血生化那種化驗單根本用不著。

臨近中午，病人又少了許多，這時趙燁的父母也做完了全身檢查，化驗單厚厚的一摞，繳費單當然也很長。

看病似乎是一件讓人很鬱悶的事情，不僅花了大把的錢，還檢查出一身病。當然這只是偏激的想法，仔細想想這病多虧是提早發現，否則拖到以後還不知道要受多少苦，花多少錢。

即使是在這種縣裏的小醫院，全身檢查費用依舊不菲，算起來趙燁父母一個月工資的總和就在這一上午花完了。

對於這筆錢，趙燁覺得非常值得，可他父母卻覺得很是心痛，但很快他們就發現，之前的檢查費還是小錢，他們的寶貝兒子隨後開的中藥才是重頭戲。

薛萍醫生雖然只是個縣醫院的內科副主任醫師，可她畢竟行醫二十多年，眼力還是有的，在她看來，這個小時候經常被自己女兒欺負的男孩絕非普通的應屆畢業生。今天那體檢實在太神奇了，很多疾病單個檢查根本查不出來，可是經過各種組合檢查卻把所有存在隱患的疾病全都揪了出來，那些看似沒用的檢查都有存在的道理。

薛萍自問自己沒這種實力。

於是薛萍帶著趙燁的父母回到科室後，對趙燁說道：「你父母的檢查結果出來了，看來你在學校還真是用功學習了，你這個專業方向選擇得很好。現在有錢人有事沒事愛檢查個身體。憑藉你現在的實力完全可以找個非常好的醫院，甚至當個私人醫生。」

趙燁父母聽了薛萍的話非常高興，這位好友從來不會說客套話，有什麼就說什麼，有她這句話，這兩位老人才真正對趙燁的工作放心。

薛萍其實看錯了趙燁，她以爲趙燁是專門研究人體疾病預防的，其實趙燁大學五年來真正研究的是外科手術，最近研究的則是江海留下的中醫典籍。

趙燁接過父母的檢查結果仔細研究了一番，跟他想像得差不多，有腰肌勞損那種自癒性疾病，也有風濕那種北方常見病，還有一些內科病……

趙燁將手中的中性筆轉了好幾圈，就在一張白紙上密密麻麻地寫了許多字出來。

最近趙燁看多了江海留下的中醫典籍，那上面的字寫得非常漂亮，趙燁非常嚮往，於是不知不覺開始模仿書上的字體。

可惜趙熚對寫字沒什麼天賦，他只能模仿出一丁點，看起來有那麼點意思，可這已經讓趙熚的字看起來漂亮了很多。

趙熚埋頭寫了整整一頁紙，都是需要採購的藥物，多半是中藥。在趙熚看來，西藥雖然優勢不少，可論起調理身體，中藥才是根本，所以他這處方上多半是中藥。

薛萍阿姨越來越看不懂他了，原本她還在為治療趙熚父母的疾病發愁，可一會兒工夫，趙熚竟然連藥都開好了。

更可怕的是這藥基本都是中藥，而且多半中藥配方她根本聽都沒聽說過。趙熚學的是臨床醫學，中醫只是課程中很小的一部分，趙熚能寫出這麼多中藥，實在駭人聽聞。

薛萍開始還有些害怕趙熚會不會弄錯藥物，會不會勉強，可很快她就否定了這個想法，趙熚是個孝順的孩子，不可能拿父母的健康開玩笑。

「薛姨，我們這裏什麼地方賣的藥最好啊，我不太懂中藥，甚至連真假都看不明白！」趙熚說的是實話，他雖然會開藥，卻壓根兒沒見過幾味中藥，隨便拿出幾味藥，恐怕趙熚會以為那是草根。

薛萍聽到這話差點暈倒，趙熚這是什麼學習方式啊？簡直不按常理出牌。趙熚的學習方式的確不同，他能有今天的成績也算運氣不錯，如果江海看到趙熚今天的表現，恐怕也會吐血。

世界上像趙燁這種人有千千萬萬，多數人註定一生碌碌無為，極少數運氣好的得到了某個杠杆，而他則用這個杠杆震動整個世界！

薛萍感歎了一陣後，接過趙燁手中的處方道：「這些藥我替你買吧！」

「謝謝薛姨，這是信用卡，密碼是……」

趙燁還沒高興幾秒鐘，就挨了母親一個結實的暴栗，然後他就聽母親說道：「今天下午你就陪著你薛阿姨值班，等下班了讓你薛阿姨帶著你去買藥。小孩子真不懂事，你不知道買這麼多東西很重嗎？」

趙燁只能揉揉腦袋拚命認錯，他其實是想先回家給父母進行針灸治療的，很多因為長年勞累得的病，僅用藥是治不好的。因此他反而忽略藥物太多，需要幫忙拎包的人。

薛萍跟趙燁的母親從來不用那些虛情假意的客套話，有趙燁幫忙，薛萍也很樂意，因為那些同事根本就不來，只有她一個人值班，不僅僅是忙，還很無聊。

有了趙燁就不一樣了，趙燁人生精力充沛，有他幫忙坐鎮看病，倒是讓薛萍閑了下來，她坐在一旁看著趙燁坐診，原本她是想當一回老師，可她發現趙燁做得非常完美，竟然讓她無可挑剔。

轉眼間到了下午四點多，北方的冬天白晝很短，五點多基本就天黑了，這個時候差不多沒有什麼病人上門了，薛萍正準備下班時，有一位醫生氣沖沖地走了進來。

這醫生是放射科的，小縣城醫院裏就是拍X光片的，三十上下的樣子，留著一圈小鬍子，一對三角眼瞪得溜圓，走到科室內看都不看趙燁一眼，直接走到薛萍身邊開口就問道：「我得罪你了嗎？你這是什麼意思啊？」

薛萍一下愣住了，疑惑地問道：「我怎麼了？」

「還怎麼了？今天我值班，一天就拍了三個片子，你這科室一個患者都沒有拍胸片，你什麼意思啊！你不想吃飯，還不讓我吃飯麼？」

鬍子囂張至極，薛萍這才想起來，趙燁下午看病的時候沒給任何病人開胸片檢查，都是直接用聽診器確診。

雖然多半醫生都能做到這點，可醫院裏有著不成文的規定，所有病人都要用儀器檢查，第一是爲了創收，第二是爲了保護自己。在醫患關係緊張的今天，醫療糾紛太多了，萬一哪個病人出問題了，沒有儀器檢查資料，醫生鐵定要承擔全部責任。

潛規則下薛萍算起來有些理虧，可她卻討厭這小鬍子囂張的樣子，幾年前這小鬍子剛進醫院的時候還一口一個薛姐地叫，現在竟然囂張成這樣，不就是縣裏某局長的小舅子麼！

「你給我放尊重點，這裏不是你撒野的地方，我怎麼治療病人是我的事，用不著你管！另外我是你的上級，下次叫我薛主任！」薛萍的毫不退讓顯然是這小鬍子沒想到的。同很多弱者一樣，只能摔下幾句狠話走了。

看著氣得發抖的小鬍子，趙燁一點都笑不出來，他沒想到這麼小的醫院有這麼多的麻煩事和如此多的潛規則。於是走到薛萍身邊輕聲說道：「薛阿姨，對不起，我真不知道這裏的規矩，給您添麻煩了。」

薛萍摸了摸趙燁的頭微笑著說：「那個混蛋早就應該收拾他了，不怪你，爲了病人你這麼做是對的，但是你要知道，在任何醫院你這麼做都是跟自己過不去，你要明白醫院的規則，好醫生難當啊！」

醫生這個職業的確如此，在這樣的大環境下想獨善其身是很難的。

趙燁連說了好幾次對不起，他其實很矛盾，小縣城裏的病人多半是農民，面朝黃土背朝天也賺不了幾個錢，對這樣的患者當然是能省則省。

可這小縣城裏關係戶太多，潛規則太多，得罪了誰都不好混，剛剛那小鬍子不知道日後要給薛萍帶來多少麻煩。

在趙燁苦惱的同時，麻煩還遠遠沒有結束，就在快要下班的時候，趙燁又看到上午那位胰腺癌老人上門了。

老人的精神狀態看起來比上午要好很多，不過趙燁可以肯定他沒吃藥，不過是癌症引發的疼痛是陣發性的，現在沒有發作而已，在老人身後是那位在汽車上和趙燁有過一面之緣的老人。

那老人看到趙燁也非常驚訝，但驚訝的表情一閃而過，他走到趙燁身邊將寫著林石大名的藥方啪的一聲按在桌子上。

「你算個什麼醫生？這是什麼藥方子啊？看病看不懂也就算了，你怎麼能胡亂開藥，你難道不知道這會害死人麼？」

老人正義感十足，絲毫不給趙燁留面子，那位患病的老人更是如此，差點準備動手打人。

薛萍不知道趙燁做了什麼，可看到眼前的情形也猜到了幾分，她知道趙燁又惹麻煩了，似乎是開錯了藥。

眼前這個質問趙燁的老人她也認識，是本縣有名的老中醫宋醫生，曾經也是縣醫院的醫生，還是很有名氣的那種王牌醫生，可他爲人過於耿直，脾氣暴躁提前退休了，自然也沒有接受醫院的返聘。

如果是別人，薛萍還可能覺得是冤枉了趙燁，可這位宋醫生絕對不會這麼做，看起來這次是趙燁錯了。

可薛萍不能不管趙燁，畢竟這是她看著長大的孩子，雖然沒有血緣關係，可是跟自己的親侄子也差不多。

止當薛萍準備替趙燁道歉的時候，趙燁卻一臉不屑地開口問道：「你知道患者到底得了什麼病嗎？」

趙燁不等他回答直接說道：「肝膽濕熱，瘀毒蘊結，氣滯血瘀，濕阻中焦，脾腎陽虛。說細緻點他是胰腺病變，並且是胰頭病變，如果現在用B超可以看到占位性病變，我想你已經知道我想說什麼了吧？」

「你是說他是胰頭……可就算是那個病，你這藥物也不對，根本不符和君臣佐使的原則，甚至在氣、味上相克，怎麼能用藥？」老人說到一半才想起患者在自己身邊，於是趕緊轉換話題。

趙燁面對老人的質問並不著急，心平氣和地說道：「這個你應該問清楚，我對這老人服藥是怎麼囑咐的。」

宋醫生看到趙燁成竹在胸的樣子非常生氣，他沒見過做錯了事還這麼囂張的，可他為人正直，實事求是，要讓趙燁認錯更要讓他服氣，於是回頭問那位患者道：「他還囑咐了什麼？」

「他告訴我飯後服藥。」

「這有什麼特別麼？」宋醫生一臉憤怒地望著趙燁。

「當然沒什麼特別的，重點在他的飯上，這位患者跟我說了，他吃素食，但是飲酒，並且他的酒是兒子孝順他的蛇膽酒。」

宋醫生不愧是老中醫，聽到趙燁的話後立刻變了臉色。如果這藥裏面再加一味藥蛇膽，那就不一樣了。

看似毫無根據，甚至相克的藥物，在加了這味藥材以後立刻變得不同，就算說成是化腐朽爲神奇也不爲過。

胰腺癌是絕症，這味藥無法治癒，可按照中醫理論來說，這藥物非常適合這位患者。

宋醫生一時說不出話來，他想起在汽車上趙燁低聲淺唱的那些歌賦，再聯想到眼前的藥物，如果再說這位年輕的醫生只是普通的大學應屆畢業生，打死他也不信。

研究中醫這麼多年，宋醫生一直想尋找那些傳說中的名醫，跟著他們學習幾天。

那些家族傳承的中醫都有自己的絕密配方以及診斷方法，如果不跟著一位好師父，就算再聰明，在中醫這個博大精深的領域也不會成爲頂尖人物。因爲比起五千年的傳承來說，個人的聰明才智根本如滄海之一粟，千山之一石。宋醫生研究了許多年，也只能在一個小縣城裏算得上名醫。

遇到真正的名醫，他根本算不得什麼，從前宋醫生一直這麼覺得，今天他看到趙燁算是服了，二十出頭的年輕人隨便出手竟也如此驚人。

「對不起，是我錯了，你這方子沒錯，是我冒失了。你放心，這藥方我有生之年絕不會說出口，更不會給其他病人開這個方子。」

宋醫生現在明白了，錯的是自己，中醫世家對自己藥方的保密很敏感，趙燁這方子絕對非同尋常，他覺得趙燁之所以如此隱秘地開藥，就是爲了防止藥方外流，可惜這秘密還是讓自己的冒失給撞破了。

雖然趙燁有將這秘方保密的意思，可他更想讓這老人在不知道病情的情況度過餘生。

「您是中醫麼？我想買點中藥，能給我介紹個好點的藥店麼？」趙燁突然改口道。

宋醫生一愣，隨即明白了趙燁的意思，這表明他很大度地不追究自己知道這秘方的問題了。

中醫世家總有那麼幾個絕密配方，甚至很多人爲了這配方爭得頭破血流，可趙燁卻這麼輕描淡寫地過去，不得不讓他佩服。

「中藥我的店裏就有，說起藥材，沒有比我店裏更好的了！」趙燁雖然不追究了，可宋醫生卻不認爲可以這樣算了，他已經想好了，一定要在什麼地方找回來給趙燁賠罪。

另外他還想知道這個掌握著絕密配方的小子到底是什麼身分。

藥方上署名是林石？可林姓什麼時候出現過有名的大中醫？

難道是隱於山野間的世外高人？

胰腺癌被稱爲「癌中之王」，因爲胰腺癌較其他疾病相比死亡率更高、存活期也最短，發病迅速，並且非常容易轉移。

國內對胰腺癌多半選擇手術切除或者化療，然而目前胰腺癌的治療效果非常差。

無論是手術還是化療效果都不佳，趙燁給那患者開的這副中藥也只能減輕他的痛苦，儘量延長他的生命而已。

畢竟他已經是晚期了，趙燁不是神仙，沒辦法治癒他，就算那抗癌藥物研究成功也不能治癒他，只能延長他的生命！

那老人還不知道自己的病情，在宋老中醫的解釋下他才明白，趙燁或者叫做林石醫生是個高人，自己這次算是運氣好，真正遇到了好醫生，對趙燁千恩萬謝後，高高興興地拿著藥回家去了。

老人很高興，他並不知道自己的病情，他的生命或許只剩下幾個月，或許他是不幸的，遭遇了病魔的侵襲，可比起其他胰腺癌患者他又是幸運的，在剩下的生命中，他的痛苦要少得多。

宋老中醫全名叫做宋明輝，在縣醫院退休以後拿出全部積蓄開了一家藥店，宋氏大藥房，主營的就是中藥，當然宋明輝醫生也在這裏坐堂。因爲宋醫生醫術高超，多年來聲名遠播，再加上他這裏藥物價格公道，每天來看病的人絡繹不絕。原本薛萍也是想帶著趙燁來這裏買藥的，可沒想到宋明輝醫生竟然親自帶著趙燁挑選藥材。

薛萍對這位老醫生十分尊敬，因爲宋明輝生性耿直，面對權貴、潛規則統統一視同仁，我行我素。

可今天他在趙燁身邊卻顛覆了薛萍對他的印象，宋明輝對趙燁十分尊重，幾乎有求必應。雖然趙燁在醫術上有些驚人之舉，可薛萍還是不能理解，她只能勉強將其解釋爲一物降一物，就好像自己的女兒總是能制服趙燁一樣。

宋氏大藥房無論在裝潢上還是佈局上都非常古雅，走進這裏就好像進入了電視中才有的場景。

宋明輝一生中最得意的事情就是開了這間藥房，別的不說，他這裏絕大部分藥材都有，即使是省裏的幾個知名大藥房都不一定有他這裏種類齊全。

更重要的是他這裏藥材品質都是上佳的。宋明是個認真的人，特別是對他這個大藥房，總是做到盡善盡美。

原本他對自己這藥房非常的有信心，可在見識到趙燁的醫術以後，他本能地對這個不知身分的年輕人存著一種敬畏，甚至有心請趙燁在藥材方面指點一下。

可誰知道進了藥房，趙燁直接將藥方丟給宋明輝說道：「宋大夫，就麻煩您了，按照這上面的藥來抓。」

幾服藥混雜在一起，宋明輝當然不知道這些藥物是幹什麼用的，就算沒混雜在一起，他也不會窺視趙燁的秘密藥方。

宋明輝按方子抓藥，他選藥材很小心，非常注重品質，甚至將庫存裏最好的東西都拿了出來。

因爲他誤以爲趙燁是中醫世家的子弟，他可不想再次在趙燁面前弄出笑話，讓人看輕了自己。小心翼翼地篩選完藥材以後，宋明輝又很小心地將藥物放在趙燁面前，以便趙燁一一辨認。

「就這些，你看看是否合適？」

「這個我不懂，我想宋大夫的藥總不會差的。就這樣吧，一共多少錢？」趙燁搖了搖頭，微笑著掏出錢包問道。

宋明輝可不相信趙燁不懂藥材，藥對於中醫來說非常重要，就好像手術刀之於外科醫生，真正厲害的中醫對藥非常重視，甚至每一劑藥都要親自選材。

很多藥材因爲產地不同、生長時間不同、存放方法不同導致藥性不一樣，醫生用藥之前一定要仔細挑選藥材才能發揮最大的療效。趙燁只是個半吊子中醫，他所有的知識都來自江海老人家傳的典籍，至於藥材他還真是一竅不通。

可宋明輝不這麼想，他認爲趙燁只是謙虛。

很多名醫聖手都是從小在山裏長大，經常進山採藥以便認識藥材，熟悉藥材！

藥材這東西數量太多，太過複雜，就算是天才也不可能掌握全部，所以他以爲趙燁是在謙虛，在面對著浩瀚如海的中醫學面前，沒有人敢說自己都懂。

想想自己經常夜郎自大，在小縣城裏穩居第一中醫位子就常常得意，宋明輝不由得有些汗顏。他完全沒想到趙燁說的是實話，他的確一點都不懂中草藥。

「這些藥物就算是送給你的吧，不收錢！以後林醫生有空能來我這裏傳授點經驗就行了！」宋明輝擺手道。他現在已經決定一定要從趙燁那裏學點什麼，好不容易碰到這位貌似隱士高人的傢伙，絕對不能放過。

趙燁一愣，突然笑著說道：「我不姓林，我姓趙！另外談不上什麼傳授，相互學習才是真的。」

「不姓林？那處方上？」

「我說我是臨時的醫生，我真名叫趙燁，您叫我小趙就行。藥材我就恭敬不如從命，收下了，改天再來與宋大夫交流。」

趙燁並不是貪小便宜，這宋醫生也是真正愛中醫之人，他是想將江海留下的東西傳授他一點，如果江海還在世，遇到這樣的人恐怕也會忍不住如此。

宋明輝沒想到趙燁竟然這麼痛快就答應了，得到趙燁的承諾後宋明輝欣喜若狂，連忙感謝。

薛萍看趙燁這個晚輩竟然得到宋明輝如此尊敬，心下駭然。

離開藥房後兩人各自回家，趙燁拎著大包小包的藥材匆忙回家，當然他沒忘向宋明輝借了一副銀針，還有熬製湯藥的工具，有些藥物需要自家熬才行，用什麼火候、什麼時間都要自己掌握。

忙了一整天趙燁沒有絲毫的疲倦，甚至還很高興，從小到大一直沒有爲父母做點什麼，今天終於有機會了。

回家以前趙燁就計畫著治療的事情，可進門後他卻發現母親不在家，只有父親一個人坐在沙發上看電視，電視節目是他最喜歡看的經濟頻道。

看到兒子回來，還拿了那麼東西，趙燁的父親趕緊上前幫忙，看著這麼多藥物，他覺得趙燁有點小題大做。

「其實沒必要弄這麼多藥的，我們沒那麼重的病。」

「有沒有病我清楚，我是醫生，再說了，沒有病也可以調理調理身體，這東西沒什麼副作用，吃多了也沒關係。」趙燁笑著說。

「兒子你真是長大了，成熟了許多。這些藥花了不少錢吧？你肯定是在外面打工了，辛苦嗎？」趙燁父親欣慰地說道。

「沒花多少。」在這點上趙燁可不敢說實話，只能含糊其辭。

趙燁的父親繼續說：「你少騙我，你爸我也是走南闖北一輩子了，我認識很多藥販子，根據他們的說法，那中草藥是什麼？那叫天才地寶，價值堪比黃金！雖然誇張了點，但藥材的確名貴，價格也高。你這大包小包的弄了無數，我看你應該花了不少錢！到底花了多少？打工賺的錢是不是都花光了？」

趙燁輕輕將藥材放在廚房，然後坐在父親身邊，從小到大趙燁跟在母親身邊的時間很多，卻很少有跟父親單獨聊天的時候。

這次他回家也是第一次單獨面對父親，現在的趙燁也是成年人了，他打算將所有的一切都跟父親說清楚，順便勸說父親退休，他覺得父親比母親在這方面的接受能力應該強很多。

「爸，我跟你說實話，我這一年雖然沒正式上班，但我賺了很多錢！薛姨也說了我學得很好，對此你不用懷疑。不瞞您說，現在很多地方都想要我，工資非常高，高到您想不到！

「手裏這筆錢是前幾個月我在海市給那個明珠集團幫忙賺的，明珠集團您應該知道吧，就是很有錢的那個大公司，經常上電視的。」

「我賺的錢不太多。但是也夠花了，夠你們養老了，我想你們以後就別上班了，在家養老吧！」趙燁說完忐忑不安地看著父親。

父親只是笑了笑，拍著兒子的腦袋說：「你這是把我當小孩了啊，你老爸我還沒到養活不了自己的地步。你說你賺了一年的錢就夠我們養老，你這一年能賺多少錢，還夠我們養老

啊！」

「嗯，不太多，一百多萬！」趙燁沒敢說實話，他害怕說出一億的數字很不好解釋，另外一百萬對於父母來說也足夠了。

「一百萬？」趙燁的父親還是嚇了一跳，一臉的不相信，道：「兒子，你不是販賣假幣或者走私毒品了吧？沒幹違法的事情吧？那事情可不能幹啊！」

趙燁一臉苦笑道：「爸，我要幹那種事也要有那個膽量啊，再說了，我要幹了，會那麼傻把你們也拉進來麼？放心用吧，我這錢的確是幫了明珠集團一點忙，這錢是他們給我的，合法的，你就安心養老吧！」

一百萬或許算不了什麼，在大城市甚至連個房子都買不到，可在東北這種消費水準極低的小縣城，百萬已經是巨大的財富。

「兒子，你這錢我收下了。但我不要，我們給你存著，留著給你結婚娶媳婦用！」趙燁父親終於將信用卡收下了。

「我一年就能賺這麼多，你就隨便用吧！」趙燁說道，其實他最怕自己給父母錢，他們卻不要。

「那可不成，這錢是你的，我要用錢我自己賺，這錢我其實不應該拿，但是今天我還是拿了！我們做個父子協定，你不許告訴你媽媽。」趙燁父親表情嚴肅地道。

「爲什麼要瞞著媽媽啊？」趙燁沒想到父親會說這樣的話。

「其實我兩年前就辦理了提前退休，早就不在工廠上班了，那個破工作養家，再供你上學太難了。我一直琢磨著做點生意，可本錢不夠，多少次機會都從眼前溜走了，現在有你這些錢就不一樣了，我只要抓住機會，定然能實現多年的夢想。」

在趙燁的印象裏，父親從來都是不甘寂寞的人，他多才多藝，博覽群書，胸懷大志，可那工廠就像個牢籠，家庭就是一座大山，壓得父親喘不過氣。

「錢你拿去用，不夠我還有！」趙燁從來就不是吝嗇的人，更何況是對自己的父親。

「那不成，借就是借，我會給你利息的！你爸我還沒到五十歲，算起來也是壯年，怎麼能拿著你的錢養老！」

「你就別勸我養老了，我這些天就幫你在家好好調理，過了年我就去幹自己的事，順便讓你媽也退休，你就不用操心了！至於你的孝心，等我們老了，幹不動了再要你的錢，到時候你別嫌棄我們又老又髒就行！」

趙燁點了點頭，他知道這樣也算是最好的結果了，他也了了一件心事。不管父母怎麼樣，只要過得開心，過著想要的生活就行了。

雖然沒能說服父親退休，可做生意比起當工人畢竟輕鬆很多，又是父親興趣所在，相信他會很享受這工作，眼前的情況已經算是圓滿了。

「好的，您要遵守我們的父子協定，等你們到了退休的年齡，一定要聽我的。」趙烽說道。

「好了，你不用顧及我們，工作隨便找。等我們到了退休的年齡，就搬去跟你住，給你帶小孩子！」

第八劑

真正賺錢的是好藥

近年來中醫的沒落除了人才凋零外，就是中藥產量大幅度減少，而且不再像以前一樣純正，在療效上自然要差很多。

中醫作為傳統醫學，趙燁希望中醫能夠發展壯大，能夠被全世界承認。

當然這其中江海的影響也不小，可無論哪種原因，趙燁在生產藥材方面都義不容辭，不管賺多少錢，都可以給其他人一個信號，中藥應該求精而不是求量，他希望以此來帶動整個藥材事業的發展。

知名中醫都不是一天兩天練成的，歷史上有名的中醫揚名立萬的時候多半已經年近花甲了，因爲中醫的博大精神，更因爲中醫體系駁雜。

古代那些知名中醫是來不得半點虛假的，在那個傳媒不發達的年底，名聲是口口相傳，治好了便是好名聲，治不好則是惡名。醫德遠播的那是真正的名醫，與醫術的好壞同樣的重要。今天那些什麼報紙上報導的知名醫生，多半都是炒作，並不見得醫術高明。

大多數人也明白這個道理，於是都在尋找口碑好的老中醫，宋明輝是這個擁有四十萬人口縣城裏最有名氣的老中醫，醫德高尚，十里八鄉的人都來找他看病。

宋明輝原本十分滿足這樣的成就，可趙燁的出現讓他又不安分起來，老中醫原本生無欲無求，一生只是癡迷醫術，希望百尺竿頭更進一步，即使不能解決各種絕症，能夠掌握幾手絕活也是好的。

更何況宋明輝已經做好了計畫，從他這一代開始，宋家以後就是中醫代代相傳！爲此他將子女們統統帶在身邊呀，幾年下來肚子裏的東西也差不多掏光了，再不弄點新鮮貨，恐怕會讓這些子女超越了。

趙燁在宋明輝眼中儼然是隱士高人的後代，掌握著一手化腐朽爲神奇的醫術，僅僅從那幾個藥方子便可看出。

行醫幾十年的他相信自己的眼光，那藥方絕對不是普通人能開出來。閱遍市面上的中醫典籍，宋明輝從來沒見過那藥方子，所以只有一種可能，趙燁手中有祖傳秘方！

宋明輝不求趙燁能透出什麼絕密配方，只求趙燁能稍加點撥，他便受益無窮。當然這有個前提，趙燁是真正的隱士高人。

趙燁當然只是個普通人，至於隱士高人他倒是見過不少，李傑、江海、柳青都算得上頂尖的醫生。特別是江海，他才是真正的隱士高人。

在江海去世以後，趙燁曾經認真的整理了他那書房留下的眾多典籍。其中多半都是家族中名醫先賢典藏的中醫古籍，記載了江家幾代名醫的智慧與經驗，也有從外面收集來的其他醫生的心血結晶。還有少數是其他方面的書，其中有本書類似以日記形式記載了江海年輕時學習中醫的過程。

趙燁並沒有仔細研究那本書，只是看了個大概，原本他是想根據其中的內容給自己制定一套學習計畫的，可很快他就放棄了。

江海這位生下來就已經註定成爲醫生的人，年輕時的經歷頗爲有趣，甚至讓趙燁覺得有種武俠小說的感覺，當然這也是讓他放棄使用江海這種方法學習中醫的原因。

江海三歲開始學習辨認藥材，從那個時候每天早上就開始背誦各種歌賦。到了七、八歲時又開始跟著父親進山採藥，幾乎每年都要去三個月以上，嘗遍百草，明其藥性。在不到二十歲的時候，他幾乎走遍了全中國所有名貴藥材產地，年紀輕輕時便跟著父親出診，醫人無數。三十歲時便揚名立萬。對於中醫來說，三十歲能夠成名非常的不易，比起那些普通的醫生不知道強了多少。

其實中醫世家傳人大抵如此，甚至很多偏向於正骨按摩的世家，在傳人小時候還要練習武術，大抵是鐵砂掌那一類，以確保在治療時能有更好的效果。

趙燁在一年以前對於中醫還很陌生，甚至說不出這個最簡單的藥物六味地黃丸的配製方法。

可宋明輝卻不這麼覺得，他甚至爲了迎接趙燁的交流拜訪而挑燈夜讀，以應對與趙燁的醫術交流。

比起老中醫的勤奮，趙燁這個半吊子卻沒那麼多準備，在與父親交心地談過以後，他回家的主要目的算是完成了。

這些天他也沒什麼地方去，原本他想去薛阿姨那裏坐診，可縣醫院那種小地方的鉤心鬥角讓他厭煩，還好有宋明輝的藥房。

中醫是趙燁的弱項，對於這一點趙燁很清楚，自從接觸過江海以後，趙燁將大量時間花在學習中醫上，雖然很努力，可中醫體系太龐大，趙燁目前只是窺其一角而已。

宋明輝雖然比不了江海，可教趙燁這半吊子綽綽有餘，於是趙燁決定去跟宋明輝學習幾天。宋明輝的想法跟趙燁一樣，想跟著趙燁學習幾手世家大族傳下來的醫術。

於是想要相互學習的兩個人第二天碰面了。趙燁很是恭敬，甚至帶了禮物，是昨天夜裏精心挑選出來的方子，這是對那些藥材的回禮，更是趙燁跟人學習的學費。

「這是作爲禮物送給您的，請收好，這些您是願意外傳還是怎樣都由您看著辦！」幾張白紙上龍飛鳳舞地寫著一些藥材的名字，以及詳細的炮製方法。

宋明輝如獲至寶，趕緊拿過來一張張過目，他有些激動地看著這些方子，心中打定主意將這東西當做傳家寶。

「這些藥方都很有效，也很適合您，如果有問題還可以問，我希望對您有用。其實今天我除了給您送這個之外，還有點事情，就是我想在這裏跟您學點東西。」

宋明輝一愣，趙燁這種程度的還要跟自己學什麼啊？別的不說，就說手裏這藥方，在宋明輝看來簡直是珍寶，上面那些藥物的搭配是他做夢都沒想到的，炮製方法更是十分稀奇，他從來沒想過這幾個看似無用的藥物也能搭配到一起。

這幾個方子看似普通可非常實用，宋明輝毫不懷疑這藥物的作用，他對趙燁充滿了感激，所以別說趙燁提出學習，就算要自己的傳家寶也會貢獻出去，當然宋明輝祖上幾代貧農，也沒什麼傳家寶。

「您有什麼要求儘管開口，我能辦到的絕對義不容辭！」宋明輝拍著胸脯道。

趙燁笑了笑，然後說出一句讓宋明輝差點暈倒的話：「沒什麼特殊的，就是教給我點中醫知識，例如辨認藥材啊，把脈啊……這些簡單的。其實我學中醫還不到一年，基礎實在薄弱，我就想趁著這幾天放假好好補一補。」

趙燁說得很真誠，可宋明輝卻以為趙燁在開玩笑，經過再三確認以後，他才明白眼前這個小夥子的確是個半吊子中醫，除了針灸、用藥方面還不錯，其他方面非常差勁，簡直比藥房裏那個天天搗藥的小學徒還不如。

不過趙燁針灸跟用藥很厲害，他很難想像一個初學中醫一年的小夥子，怎麼能認穴如此準確，又怎麼能懂得那麼多聽都沒聽過的針法。更不可思議的是用藥，這個藥材都分辨不大清楚的趙燁，腦袋裏卻像是中醫方劑的資料庫，不知道儲存了多少藥方子。

趙燁記憶力驚人，又肯努力，當然記的東西多。他根據腦海中的藥方子來認識藥材，記憶藥材，這種方法非常快，沒兩天趙燁就認識了宋明輝藥店裏所有的藥物。

「認識了藥物還不行，你還要記住藥性，這個很好學，首先你要嘗一嘗藥物的味……」

宋明輝在和趙燁熟悉了以後，再也沒把他當做隱士高人，對趙燁完全是一副嚴師的模樣。

接下來的幾天，趙燁的舌頭完全處於麻木狀態，甚至都不知道飯菜是什麼味道，嘴巴裏只有藥物的味。

日子一天天過去，趙燁以驚人的學習能力吸收著知識，短短幾天，趙燁已經能辨別多種脈象，更可以閉著眼睛僅憑味覺判定藥材。

宋明輝從來沒見過學習這麼快的人，更令他驚訝的是，他幾次讓趙燁試著給患者把脈，趙燁都能準確地判斷出疾病，並且開出合適的藥方。

如果趙燁再老幾歲，笑容不那麼猥瑣，在宋氏大藥房裏坐診恐怕也會被人當成良醫。每天除了學習之外，趙燁還充當了好兒子的角色，每天回家給父母熬藥、針灸成了他的必修課。

隨著對中藥認識的加深，趙燁發現給父母買的藥跟江海所留的典籍中記載的不太一樣。在色澤上，味道上、藥效上都有差距。

趙燁對此也沒有辦法，他知道這已經是宋明輝能夠提供的最好的藥材了。現在的藥材多半是種植的，再也沒有古代那麼多的好東西了。

爲了讓藥物達到效果，趙燁自己調整了藥物的用量，當然是在保證安全的情況下。例如他給父親喝藥酒，裏面參茸放得非常多。

趙燁的爸爸看著那藥酒直皺眉頭，說：「這東西也太多了，喝完了還不得上火，流鼻血了怎麼辦？」

「沒關係，我給你準備了其他藥，兩個一起來。這酒喝完了只會補元氣，不會有其他問題，再說現在的藥材有些不過關，沒那麼厲害，所以我多放了一些。」

「哎，我們東北是參茸的主要產地，竟然找不到極品參茸。」趙燁感歎道。

「滿大街不都是賣這個東西的嗎？」趙爸爸一口將藥酒乾了，疑惑地道。

「都是些殘次品，徒有其形而已。真正的好藥材不是這麼生產的，野生的基本沒有了，現在恐怕整個東北也沒有好鹿茸了。」

「你還挺懂，我聽說那些養鹿的、種參的多半都虧錢。」

「那是他們不合格，只要有好的藥材，絕對不缺乏市場！要不然這樣，老爸你來養鹿種參吧。」

「我也想過這方面，前幾年這一行還挺賺錢，但是現在不行，如果真能弄出你說的那種好的還可以，可我對這方面一竅不通，還是算了吧。」趙燁的父親搖頭道。

「你不懂我懂啊，我可以教你，就算我走了，還有宋明輝大夫不是，他可是行家！只要是好藥，將來必定供不應求，這個完全有機會做大，只要管理到位，建成全國最大的參茸基地不成問題。」

趙燁的父親原本就是跟兒子閒聊，可現在卻認真起來，藥材這東西做好了，價值可是堪比黃金，東北原本就是最大的參茸產地，這種機會擺在眼前自然要斟酌一番。

參茸是中藥裏最出名的兩種藥物，在南亞諸國中藥店多半掛牌參茸店，就可以看出參茸在中藥裏的知名度及價值。

當然中藥裏名貴藥材有很多，在名貴藥材中比起用量與實用的價值，參茸堪稱第一。人參、鹿茸的主要產地都在東北，趙燁的家鄉雖然不是參茸的主要產地，但論氣候、土地條件，卻也跟那些經典的產地沒有太大的區別。

藥用鹿茸主要取梅花鹿的鹿茸，趙燁準備建設一個大型梅花鹿養殖場，至於人參，趙燁不準備全部搞園參，也就是人工養殖的，他計畫承包一片山，在山裏直接種，雖然比不上野生的，但也是模擬了野生環境，生產出的品質也不差多少。

趙燁其實並沒打算在參茸這專案上賺多少錢，他這麼做的目的是讓父親有個工作可以

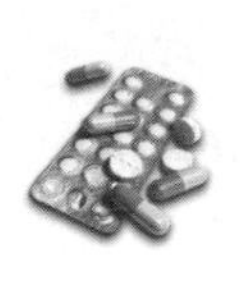

做，做參茸這東西並不是很累，一切都有技術人員幫忙。趙燁可以雇傭宋明輝為技術顧問，他父親只需要做些管理工作。

另外趙燁做這個的目的也是想做個榜樣，讓那些種植藥材的人看到真正賺錢的是好藥，而不是那些殘次品。

近年來中醫的沒落除了人才凋零外，就是中藥產量大幅度減少，而且不再像以前一樣純正，在療效上自然要差很多。

中醫作為傳統醫學，趙燁希望中醫能夠發展壯大，能夠被全世界承認。

當然這其中江海的影響也不小，可無論哪種原因，趙燁在生產藥材方面都義不容辭，不管賺多少錢，都可以給其他人一個信號，中藥應該求精而不是求量，他希望以此來帶動整個藥材事業的發展。

在趙燁提出參茸產業後，父子倆整夜未眠，一直在討論專案的可行性，趙燁的父親甚至還連夜完成了企劃案，很詳細很正規，讓趙燁看得目瞪口呆。

至於地點，在東北這個地廣人稀的地方根本不用發愁，在鄉下有很多山林無人管理。因為路途遙遠，人跡罕至，山林太過偏僻貧瘠，政府幾次想承包出去卻無人問津。

這樣的地方幹什麼都不行，卻適合養野山參，人跡罕至也不用擔心人參被偷。當然為了保險起見，趙燁甚至打算在山上放養一些野狼、野豬之類的猛獸……

養鹿更簡單，依山傍水可以直接建設大型養殖場。唯一麻煩的就是品質好的鹿仔不好弄，但這些都不是趙燁操心的，宋明輝是本地的老中醫，和那些販賣參茸的人很熟悉，這些事情交給他就好。

當宋明輝聽了趙燁的計畫時很是興奮，拉著趙燁的胳膊說道：「現在只要是個好中醫都知道藥材品質不過關，非常影響療效。你能將參茸的品質拉上來實在太好了，只不過這項投資有點大，恐怕一百萬不夠！」

趙燁笑了笑說：「那就追加投資，一百萬不夠可以繼續投，錢不是問題。」

宋明輝已經習慣了趙燁出人意料的表現，也不問他哪裏來的那麼多錢，興奮地說道：「既然錢不是問題，那咱們這不好用的中草藥不僅有參茸，其他的你乾脆也一起投資了算了，現在好藥材太少。你如果做好了必定賺錢，而且治人無數，功德無量啊！」

趙燁瞥了他一眼，淡淡說道：「沒有人能控制所有藥材，飯要一口口地吃，參茸這件事就拜託宋老了，我想聘請您做技術顧問，這次參茸基地由我父親負責，過幾天我找個機會，您跟我父親聊聊！」

「這個沒問題。你不是大學畢業了麼？難道你不打算跟著一起幹，不加入醫生這一行？雖然你學中醫晚了點，可你非常聰明，假以時日，成為一代名醫也不是沒有可能，如果就這麼放棄了，豈不是太可惜？」宋明輝一臉的期盼。

「我又沒說不當醫生，我其實是個外科醫生，怎麼好改行來當全職中醫呢？當然中醫我不會放棄，我現在越來越發現中醫博大精深。過了年我就走了，先去找個工作，再慢慢打算。」

「你是外科醫生？那麼說，你對中醫只是個愛好了？」宋明輝驚訝道。

「不能那麼說。中醫、西醫還不都是醫術，能治病救人就好。再說了，古代中醫也有外科，只不過失傳了，西方醫學也有中國人的巨大貢獻，沒必要分得那麼細緻。」

宋明輝很想知道趙燁這個外科醫生的技術是不是跟他的中醫理論一樣驚人，可惜他一直都沒有機會見到。

趙燁在小縣城待的時間並不長，算上過年也只有十幾天的時間。自從他跟父親說完那個參茸計畫以後，父親就再也沒閑下來，每天都在忙碌，這讓趙燁十分後悔這建議提得太早了。

趙燁的母親這幾天則完全在家裏伺候兒子，本來趙燁是打算過年時全家出去旅遊的，可母親不答應，父親更忙得不可開交，讓趙燁計畫再次落空。

趙燁每天在家爲父母熬藥針灸，其他時間就是去宋明輝的大藥房，或者上網。

其實趙燁挺喜歡這種生活，在父母身邊每天無憂無慮，看看報紙，上上網，一切都那麼愜意。

然而這樣的生活不可能永遠持續下去，生活如果永遠如水平面一樣平靜，就會變得索然無味。

過完年後，趙燁每天都會上網跟易盛藥業的研究人員聯繫，他非常關心抗癌藥物的研究進度，在長天大學附屬醫院的人體試驗已經開始進行，第一批有五個癌症晚期自願者已經進行介入治療。

對於藥物研究趙燁並不擅長，所以多數時候只是打聽一下，藥物的研究速度還算令人滿意，按照這樣的進度，用不了多久，這藥物就可以應用在鄒舟這種顱內腫瘤病人身上了，這讓趙燁歡欣鼓舞。

這天，趙燁正在網路上閒逛的時候，突然發現竟然有新聞報導在抨擊他們的抗癌研究藥物，網路文章大多沒有署名。大致內容就是說易盛藥業的藥物不符合標準，毫無根據，根本就是嘩眾取寵，另外還說該藥物研究把患者當成小白鼠，不計後果地進行試驗，還毫無理由

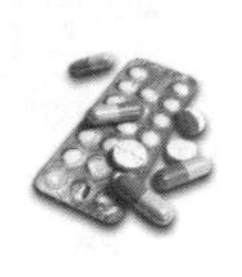

地攻擊抗癌藥物的研究者，江海以及趙燁。

完全是無中生有的誹謗。雖然整篇文章漏洞明顯，可醫患關係從來就是敏感話題，攻擊醫牛從來不需要理由。

這篇文章引起很多不明真相的網友的憤怒，紛紛在評論中攻擊易盛藥業，大肆辱罵江海。

如果僅僅是誹謗自己，趙燁或許會一笑而過，他知道這肯定是競爭對手花錢買通了網站的編輯，發這種文章也是正常。

可辱罵江海實在是讓人無法容忍，因為易盛藥業曾經花費了大量精力來報導這種抗癌藥物，並且報導了江海與趙燁。這原本是一件好事，讓江海出現在研究者名單中。當然江海能夠出現在研究者名單當中主要是因為趙燁，他將這項研究結果署名江海，因為這老人最擔心的就是死後無名，辜負了江家的祖先。

可這篇文章竟然攻擊江海這個老中醫是冒牌貨，根本沒什麼名氣，原因是他沒在大學裏當過校長或者院長，沒教授職稱等等。文章裏也攻擊了趙燁，說趙燁只是個實習醫生，更是沒有資格，完全就是騙子。

趙燁第一反應就是憤怒地在評論裏問候這混蛋記者的全家女性，可一想這麼做有什麼用呢？根本沒人理會，於是趙燁安靜地關上電腦，打電話給變態大叔李傑，說明了這個情況。

電話另一頭傳來李傑的大嗓門兒道：「別擔心，就是同行之間的相互攻擊，你等著，我去給老總打電話，讓那些跟我們關係好的媒體如實報導。」

「能不能讓他們把這文章撤下來，我看著實在火大！」趙燁說。

「這個很難。誰讓我們這藥物太好了，有人眼紅也沒有辦法。你就安心在家休息吧，這裏有我在，沒有關係的。」

「可是……」

「別可是了，我們這藥物本來就沒有問題，他們再怎麼誣衊也沒有用，甚至他們越是罵我們越好，我們總是有辦法澄清，到時候他們這就算是免費給我們打廣告了！」

趙燁掛了電話以後還是不放心，原本很好的心情變得非常糟糕。趙燁覺得自己還是太年輕，心態不夠平穩，清者自清，就算他們再怎麼誣衊，又有什麼用呢？

可趙燁總是覺得難受，他躺在床上看著牆上的日曆，算一算回家也有半個多月了，雖然家裏很溫馨，可也到了應該離開的時候了。

父母身體的調理交給宋明輝大夫就可以了，雖然有些捨不得，可趙燁離開的心思越來越強烈。

人在做，天在看！

趙燁相信江海老人一直在看，他不能辜負了江海的期望。

想在網路上掀起一陣風暴非常簡單，只要別有用心之人從中挑撥，在多家大型論壇上發表吸引人目光的帖子，或者花錢在各大門戶網站上發表無署名的新聞報導。

其實這種手段並不新鮮，很早就有人這麼幹了，開始時只是雇一批人在網路上寫文章吹捧自己，隨後又發展成詆毀競爭對手。

原本這都是網站站長之間的手段，隨著網路媒體的日益重要，影響力愈發強大，傳統公司也開始在這方面搗鬼。

明珠集團旗下子公司易盛藥業原本只是個名不見經傳的小公司，然而在網路媒體風暴中迅速演變成線民口中最黑暗、最邪惡的醫藥公司。

甚至趙燁在飛機上匆忙趕往長天大學附屬醫院時，都在報紙上看到了相關報導，這家報紙是全國性的報紙，算得上權威，然而這權威性的報紙竟然也不分黑白地開始對抗癌藥物進行攻擊，對其快速應用於臨床人體試驗進行質疑。

趙燁很是疑惑，爲什麼一瞬間所有的媒體都開始攻擊他們，爲什麼原本被人們期望的抗癌藥物變成了口誅筆伐的毒藥，難道競爭對手的能量真的如此強大？

下了飛機，趙燁顧不得旅途的疲勞，直接奔向久違的長天大學附屬醫院，到了醫院大樓前嚇了一跳，平時熱鬧的醫院竟然變得有些冷清，以往擁擠的電梯也沒了什麼人。

趙燁隨便拉住身邊的一位大嬸問起原因，只見那位大嬸鄙夷地看了看趙燁，然後說道：「你是記者吧，我告訴你，你們報導的那些東西都是混蛋才做出來的事情。我老公、我婆婆都是在這裏治好的病，我就不信這家好醫院會害人。」

趙燁趕忙解釋道：「我是這裏的實習醫生，剛剛放完假回來，您別誤會。」

「已經有好幾個人都這麼說了，少裝蒜了！」那大嬸不依不饒，趙燁只得逃跑，否則就有可能被那大嬸罵了。

很明顯那報導已經影響到了長天大學附屬醫院的運作，附屬醫院只是個試驗臨床基地，就被搞成了這樣，恐怕海市那裏更嚴重，或許易盛藥業已經被責令停工了。

趙燁原本沒想過回到這個醫院，更沒想過回去才十幾天就又跑回這個醫院了。當然醫院中諸位醫生也沒有想到，易盛藥業的研究團隊更沒有想到。

唯一想到趙燁有可能回來的就是大叔李傑，這個叼著雪茄在腫瘤科主任辦公室裏偷偷抽煙的傢伙，見到趙燁絲毫沒有驚訝。

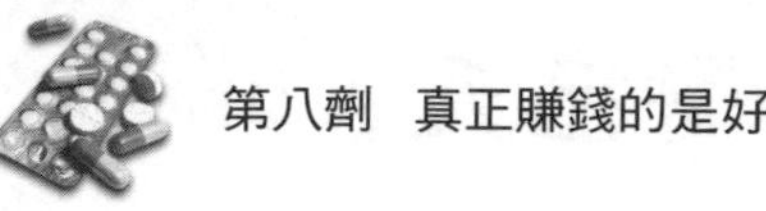

「回來了？挺快的嘛！」

「事情鬧到這個地步還不回來，難道坐以待斃麼？」趙燁剛剛是一路跑過來的，此刻氣喘吁吁地說。

李傑吐了個煙圈說道：「我正要跟你說這個事情，你來這裏坐下，我慢慢跟你說。」

待趙燁坐下之後，李傑將雪茄掐滅，緩緩開口說道：「明珠集團雖然坐擁上百億資產，是國內頂尖的大集團，看起來明珠集團這個龐然大物似乎無所不能，無論向哪個方面發展都能順風順水。其實，誰知道這其中有多麼艱辛，明珠集團在任何一個方面取得成就都不容易。」

「易盛藥業其實就是集團在製藥產業方面的一次嘗試，醫藥行業其實比任何行業水都深，都難以進入。在這個早已經被眾多藥業公司瓜分完畢的大蛋糕裏是不容許外人進入的，明珠集團的實力還沒有大到可以影響醫藥行業，我們易盛藥業想要殺出一條血路非常困難，可眼前就是一個機會，我們完全可以利用這次機會打個翻身仗，不僅能殺出一條血路，甚至可以劍指巔峰。」

趙燁很清楚李傑這番話意味著什麼，就算自己反對也沒有用，明珠集團的董事恐怕也是這麼想的。

當然現在反對也沒用，那群醫藥界的同行們現在對易盛藥業恨到了極點，根本是置易盛藥業於死地而後快，借此機會擊敗他們未嘗不是個好辦法。唯一的缺點恐怕就是趙燁要忍受媒體的轟炸，不僅是他，還有在天國的江海老人。

「沒關係，我想這個世界還是有良知的人多一些，我們完全可以找最有名氣、最有威望的記者來我們醫院。」

「反正我們的藥物原本就沒有問題，也不怕他們查，只要有記者來進行如實的報導，我想後悔的將是我們的敵人。我想還有地方需要我出頭吧，畢竟我算是這個項目的研究人，雖然只提供了個秘方以及研究方法。」

李傑欣賞地看著趙燁，點了點頭緩緩道：「你看來已經想明白了，好醫生難做啊！我們面對的敵人不僅是病魔，還有自己的同行。」

「你想得很對，目前我們手中的牌就是這個研究項目根本沒有問題，也沒有違規操作。現在最大的問題就是你，你需要出頭。現在外界風傳你是個實習醫生根本沒有什麼實力，還說你是某位大人物的私生子，說這次研究根本就是掛名，甚至還有人說你就是劊子手，專門用人做試驗，總之什麼亂七八糟的都有。」

「所以你要出來澄清這一切，你要用手術來證明你的實力，另外還要在藥物研究中做出點貢獻，當然這貢獻是我們說了算，你只要每天在研究室裏幫忙就行。」

最後還有一個問題就是關於記者的，記者的問題我們已經在運作了，請的記者也是最有名氣，最正直的記者，那記者的確大牌，採訪時間由他來定，具體什麼時間過來，我們也不知道。」

「難道非這個記者不行？我們被這麼打壓下去實在太難受了，難道不害怕時間太長造成的影響太大？」趙燁擔心道。

「這個沒關係，國人同情心重，我們受了如此大的冤屈，等真相大白天下之日，恐怕沒有人會不同情我們。」

「當然這期間你就要受點委屈了，江海老人在天國也是。這也是沒辦法，如果現在我們就指揮媒體進行反攻，不能一舉獲勝不說，還可能越描越黑。」

李傑說著雙手合十放在胸前，對著遠處拜了拜，真誠地向江海老人道歉。趙燁其實也明白，雖然多數人將治病救人放在首位掛在嘴邊，可生意就是生意。

李傑是個好醫生，可面對整個集團的壓力，面對同行對手的攻擊，他不能不變得圓滑，想要安心治病救人，一定要先把周圍的小鬼打發走。

這個行業只依靠技術是沒法生存的，總有一些混蛋會來禍害你，所以專心搞科研的人越來越少……

「我明白了，以後我會注意自己的言行舉止，應對那位大牌記者的明察暗訪。以後我會待在醫院，安心地做我的研究，老老實實幫各位醫生老師的忙。時不時來個精彩的手術，這樣您滿意了吧！」趙燁調侃道。

「不是要我滿意，而是要問那位大記者是否滿意。好了，我們先去喝一杯，慶祝你重新回歸醫院，原本以爲你出師了我就不用帶著你了，沒想到還要讓你跟在我身邊一段時間。」

「大叔，你不怕那記者？」

「就是怕那個記者才去的，他肯定不會今天到，所以今天要抓緊時間去狂歡，我知道一家酒吧，美女非常多……」李傑一臉色眯眯的表情，典型變態大叔的猥瑣臉。

趙燁搖了搖頭，跟著李傑學習醫術可以，生活上就算了。對於生活的態度學習，柳青似乎更好一點。

想起柳青，趙燁不禁有些悲傷，這位被強行喚醒的植物人，不知道去了哪裏。

現在正是學生放假時間，整個長天大學空蕩蕩的，趙燁的出租小屋也退給了房東，無處可去的趙燁打算去旅館住，沒等他走出醫院，就被趙依依給叫住了。這位踩著個小皮靴的成熟美女揪著趙燁的耳朵道：「你個小混蛋，怎麼神出鬼沒的，跑得那麼急，回來竟然這麼

快，居然都不通知我，你心裏還有沒有我這個姐姐？」

「姐姐，你輕點，我正要給你打電話，告訴你我回來了。」趙燁求饒道。

「哼，哼！我才不相信，你是要找你的小女友去吧，你那個漂亮的女朋友怎麼不見了？」趙依依說著還四處瞅瞅，然後繼續微笑著道：「不是被甩了吧，別傷心，姐姐疼你！」

「算了，我還沒被甩……」趙燁一臉黑線地對這個流氓般的姐姐徹底無語了。

「你住哪裏呢？」

「正在找，我想找個旅店。」

「住什麼旅店呢，來姐姐家住，我那房子正好空著……」

「這個……不好吧！」趙燁猶豫道。

「有什麼不好？」趙依依說著拉著趙燁的胳膊，「難道你害怕我吃了你？哈哈，你不會真是這麼想吧？你不會還是處男吧？」

趙燁根本不知道如何回答，這位即將升為院長的姐姐在他面前越來越放肆了，原本隨便的趙燁在她面前根本就是小兒科，只能任由趙依依拉著他的胳膊走出醫院。

第九劑

吸管急救術

「七歲男童，吞噬不明物體卡住，無法呼吸。」

趙依依用海氏手法無效，說道：「送患者去手術室，進行氣管切開。」

趙燁突然從一個喝牛奶的女孩手裏奪過她的牛奶說道：「吸管借我用一下！」

沒等那個女孩反應過來，牛奶盒子裏的吸管已經被趙燁抽走了。眾人見到了令人驚奇的一幕，趙燁將孩子的嘴巴撐開，然後將吸管伸進孩子的口中，幾秒鐘之後，那孩子竟然用力地咳嗽了幾聲，漸漸有了呼吸。

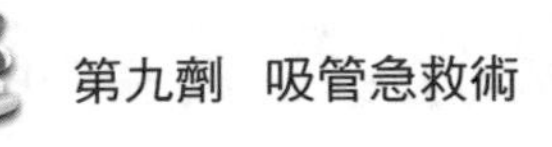

趙依依的家非常寬敞漂亮，趙燁曾經來過這裏一次，但是那次他並沒有看清趙依依家全貌，直到現在，他才發現趙依依家裝潢得十分奢華，比起趙燁住過的五星級賓館都要強許多，只是這漂亮的房子只有趙依依一個人住略顯空曠。

在學校裏，趙燁可以肆無忌憚地跟同學講黃色笑話，可那只是口頭上說說而已，真正的變態通常是在裝純，所以趙燁其實是個內心純潔的人，只是裝作經驗豐富而已。

趙依依一路上挽著趙燁的胳膊回家，胸前傲人的雙峰頂著趙燁的胳膊令他無比尷尬，當然也讓他暗爽了一下。

趙燁心中忐忑不安，這位姐姐，或者說是他的老師，對待別人一直是很正經的，唯獨對趙燁越來越放肆，這讓他十分無奈。

還好趙依依的放任行徑沒持續多久，到了家以後，趙依依如同姐姐一樣照顧趙燁，先是給他收拾出一間屋子。然而在收拾屋子前，趙依依還不忘調侃趙燁道：「收拾屋子好累，要不然跟姐姐住在一起吧？」

趙燁趕忙搖頭，然後聽著趙依依肆意地大笑著去給趙燁收拾房間。趙燁突然覺得很鬱悶，按照趙燁的性格他應該很流氓地跟趙依依說：好吧！我們今天開始同居。還好在這之後趙依依沒有更加親昵的動作，她高興地繫上圍裙，哼著歌跑到廚房裏，似乎做飯也是一件讓人幸福的事情。

趙依依在醫院中多半都是嚴肅認真的樣子，在私下裏，她似乎沒有什麼好朋友，永遠那麼孤高冷傲。

回到家中的趙依依，不像在醫院中那樣故意板著臉，戴著面具示人。穿著圍裙的趙依依，露出了從來沒有的輕鬆與歡笑。

上慣了手術台的女人如今在廚房裏也是遊刃有餘，沒一會兒工夫便傳來陣陣香氣，引得趙燁食指大動。

開始的時候趙燁一直將趙依依當做老師，畢竟她是科室主任，更是未來的院長。或許是與趙依依待得太久的原因，兩人不知不覺變成以姐弟相稱，只是這個姐姐有點放肆，總是調戲這個外表淫蕩猥瑣，內心純潔的弟弟。

其實趙依依很漂亮，再加上醫術高超，是患者心目中真正的白衣天使，趙依依年紀在三十歲上下，可她有著一副少女般的面容與身材，同時豐滿的她又不乏成熟韻味。在醫院中她通常冷如冰山，如今在趙燁面前她又俏皮可愛，穿著圍裙的她又有著另一番韻味。

或許趙依依沒有菁菁那麼精緻、那麼漂亮，可她身上成熟的女人韻味是菁菁所沒有的。

都說女人要征服男人，首先要征服他的胃。趙依依的容貌足以征服多數男人，她的廚藝

比之容貌絲毫不差。

趙依依做的菜很精緻，特別是刀工上很精細，讓趙燁這個切慣了蔬菜的人都感到汗顏。

「就是些家常小菜，弟弟不要怪我招待不周。」趙依依一共做了四個菜，一冷三熱，造型別致，賞心悅目。趙燁早就忍不住吃了幾口，贊道：「姐姐菜做得真好！」

「好吃麼？」

「好吃！」

「那就多吃點，其實姐姐還有更好吃的……」趙依依剛說到這兒，發現趙燁愣了，嘴巴張得老大，飯粒都掉下來了。

她知道自己調戲趙燁次數太多，這句話又讓他誤會了。於是她嬉笑著對趙燁說道：「我是說菜，我還會做很多菜！以後你就住在我這裏吧，反正我房子這麼大。」

趙燁不想答應，又不好拒絕，於是轉移話題道：「姐姐在哪裏學的廚藝？簡直比一般的廚師都要好啊！」

「還不是從小練習的，後來在國外留學沒有錢，只能去餐廳打工，順手也學了這些！」

趙依依回想起往事，歎氣道。

「不知道以後誰能娶到姐姐，那肯定非常幸福！」

「肥水不流外人田，既然你覺得幸福，不如我嫁給你吧……」趙依依突然說。

看到趙燁差點連飯碗都扔出去，趙依依忍不住掩面而笑，說：「別緊張，我知道弟弟的女朋友比我漂亮，我是和你開玩笑的！這幾天總有幾個男人纏著我，以後就拜託弟弟上下班送我回家吧！」

「無論如何這些天你先住在我這裏，那幾個人雖然討厭，可又得罪不得，沒有辦法啦！只能拉著弟弟在身邊保護一下。」

趙依依剛說完，突然又一副俏皮的樣子道：「是不是覺得有些失落啊？如果你強烈要求跟姐姐一起睡的話，也沒有關係的，直接說出來嘛。」

「我才沒有！」趙燁沒好氣地道。

在趙依依肆意的笑聲中，兩人結束了晚飯，夜裏倒也相安無事，趙燁看了一會兒書就睡著了。

他一直保持著良好的學習習慣，面對醫學這個浩瀚無邊的海洋，趙燁總是心存敬畏，越是深入瞭解，越是如此，所以每天的學習是必不可少的。

第二天一早趙燁重新回到長天大學附屬醫學院，因為媒體風暴的影響，醫院裏的患者還是很少。

趙燁只能歎了一口氣，長天大學附屬醫院也承受著巨大的壓力，恐怕其他臨床試驗基地現在都已經停止運作了吧。

現在趙燁雖然還可以在醫院當實習醫生，但是病人很少，也用不著他幫忙，趙燁滿腦子都是抗癌藥物的研究。

新年過後，醫院裏又來了一批實習醫生，或許是因爲趙燁的橫空出世，長天大學附屬醫院這批實習醫生比往年都要多。

今天是趙燁新年後第一次來長天大學附屬醫院，也是新一批實習醫生報到的日子。因爲昨天睡在趙依依家，同時也因爲趙依依的強烈要求，趙燁不得不跟著這位姐姐一起上班。

其實一起上班也沒什麼，只是這位姐姐總喜歡挽著趙燁的胳膊，看起來好像情侶，可穿著時尚的趙依依怎麼看都跟趙燁不搭。

走到外科大樓一樓大廳的時候，趙燁看到了這群學弟學妹，他們剛剛領完白大褂，實習隊長正在給他們分組安排實習科室。

他們對於即將到來的實習生活充滿了期待，熱烈地討論著關於醫院的一切，趙燁在路過他們身邊的時候，還聽到了關於自己的傳聞。

「我聽說那個趙燁醫生在急救科待得時間最長，我想那個科室應該是長天大學附屬醫院最好的科室吧！」

「差不多了，我這次放棄學校安排的醫院特意跑回來，就是想到急救科實習，我聽說科室主任不但醫術高超而且是個大美女，趙燁那個實習醫生就是她培養出來的。」

「是麼，那我們都去急救科吧！不管主任是不是美女，我只想成爲最厲害的醫生，去年能有人成功，今年我們自然也能成功。」

「就是，我們再怎麼也比那個趙燁強啊。我聽上一屆的學長們說，趙燁平時成績一般，每天打遊戲，甚至還經常掛科，都是在醫院裏學到的東西。」

面對周圍學弟學妹們的討論，趙燁滿臉的黑線，趙依依則掩面偷笑，就在兩人準備上電梯去各自科室的時候，突然聽到門外傳來救護車的聲音。

出於職業敏感，趙依依跟趙燁兩人同時跑向門外，而那群侃侃而談的實習醫生們則愣在當場看熱鬧。

這就是成熟醫生與普通人的區別，細節總能表現出一個人的職業素養。

長天大學附屬醫院最近病人很少，但急救科卻依然忙碌，因爲那些急救病人再怎麼不願意來這家醫院，終究也是沒得挑的。

救護車停下後，護工們抬出來一個七八歲的孩子，他身邊還跟著一位三十多歲的女人，一臉焦急的樣子。

趙依依衝在最前面，眼前這孩子，呼吸困難，臉色蒼白，嘴唇青紫，意識模糊，顯然是缺氧所致。

不等趙依依詢問，那護工首先報告病情說：「七歲男童，吞噬不明物體卡住，無法呼吸。」

趙依依眉頭一皺，這種情況直接用海氏手法就可以救治。於是二話不說，用拇指對著患者上腹部，一隻手握住另一隻手用力衝擊，壓迫患者的腹部，連續多次。這種辦法非常簡單卻也非常有效，是治療氣道阻塞的常見方法。

然而這患者卻沒有如想像中那般將異物咳出來，面色反而由蒼白轉爲青紫色，趙依依有些慌亂，停止了急救，說道：「送患者去手術室，進行氣管切開。」

站在一旁默默不語的趙燁突然阻止了準備搬運病人的護工，然後跑到那群新來的實習醫生中間，從一個喝牛奶的女孩手裏奪過她的牛奶說道：「吸管借我用一下！」

沒等那個女孩反應過來，牛奶盒子裏的吸管已經被趙燁抽走了。眾人見到了令人驚奇的一幕，趙燁將孩子的嘴巴撐開，然後將吸管伸進孩子的口中，幾秒鐘之後，那孩子竟然用力地咳嗽了幾聲，漸漸有了呼吸。

趙依依驚訝地看著趙燁，作爲內行人她當然知道趙燁做了什麼，他是將異物推到了支氣管中，人有兩葉肺，那異物被推到了一側，所以另一側肺恢復了工作。

雖然還是需要氣管切開，但是暫時緩解了病情，避免了缺氧對孩子大腦造成損害。

實習醫生們都驚呆了，他們這才注意到這位神奇的年輕醫生，竟然用吸管就解救了一個病人。

正在大家議論紛紛的時候，不知道哪位實習醫生突然說道：「他不會就是傳說中的實習醫生趙燁吧！」

長天大學附屬醫院此時正處於媒體口誅筆伐的風暴之中，而站在這風口浪尖上的人則是趙燁，趙燁用他一貫的神奇方法救下了這個患者的時候，趙依依沒有高興，反而有些擔憂。

趙燁救人的手法她完全清楚，他只是用吸管從口腔進入喉嚨，小兒的食道短，吸管穿過喉嚨避過食道直接進入氣管，最後將卡在氣管中的異物推入左支氣管或右支氣管。

說起來簡單，做起來卻非常難，這種方法首先要能在危機的情況下想得到，其次要對人體的生理結構有著非凡的理解，沒有任何儀器輔助定位，只根據吸管伸入時對肌肉的觸動就能判斷所在的位置。

這算是一種姑息療法，異物推入支氣管中時，那孩子只有一個肺可以活動，另一個肺依舊阻塞，現在要做的就是用胸片來定位異物，然後將其取出。

患者的母親對趙燁千恩萬謝，然而趙依依卻有些擔心。趙燁這種怪異的救人手法，完全不符合常理，即使救了人也不符合規定。其次他並不是這醫院的醫生，又沒行醫執照，說他是非法行醫都不爲過。

規定大於一切。

在規定範圍內，即使發生了患者死亡，也沒有關係，那不算醫療事故。

在規定範圍外，患者沒有死，那也不算功勞，甚至會被醫院看成危險人物。這就是醫生的悲哀。

趙燁將牛奶吸管丟在垃圾桶裏，然後走回來淡淡地對那位患者家長說道：「放心吧，沒事了，給孩子辦理住院手續，氣管切開取出異物就行了。」

沒等患者家長感謝，趙依依就一把將趙燁拉過來，悄悄地說道：「該幹什麼幹什麼去，現在這個環境你不適合在這裏！」

趙燁剛剛一心想著救人，忽略了現在的大環境，誰知道哪位無良小報的記者是不是躲在醫院的某個角落進行偷拍？在趙依依的提醒下，他才反應過來。

那群剛到的實習醫生已經被趙煒的手段驚呆了。

一根牛奶吸管算什麼？沒有人會將吸管當成救命的東西，更沒有人可以像趙煒一樣，在沒有任何儀器的幫助下，只用一根吸管就將異物推到支氣管中，用吸管拯救了一個生命。

更難得的是那份冷靜，剛到醫院時患者面色鐵青，看起來缺氧的時間不短了，如果按照常理來做氣管切開等一系列工作，大腦恐怕會因爲長時間缺氧而造成永久性損害，要知道大腦缺氧的時間不能超過五分鐘。

實習醫生們再也不敢小看這個只比他們大一屆的實習醫生，就在他們準備向這位師兄討教學習方法的時候，趙煒卻已經消失在人們的視線中。

對於記者，趙煒有種莫名的恐懼，這種恐懼來自於他幾次與記者接觸的印象，最先接觸的記者是那位鴨舌帽，他完全是在李中華的授意下，故意來陷害趙依依的。

其次就是這次的槍手記者們，完全沒有職業道德的評論讓整個事情變得一團糟，趙煒此刻非常害怕哪位記者拍攝到剛剛那個超出常理的急救畫面。

救人沒錯，但是趙煒這麼救人就值得商榷了。畢竟他的救人方法只有極少數人才能做

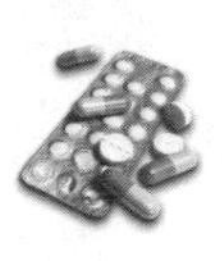

到，萬一被一些不具備這種實力的人模仿去了，必然會出大事的。

病人接下來由趙依依的急救科接管，趙燁則準備前往腫瘤科幫忙，一路上他有些不安，感覺好像被人盯上了一樣。

「趙燁醫生！等等我！」在趙燁快要趕到腫瘤科的時候，他突然聽到有人喊他，很陌生的聲音，也是很陌生的面孔。

這是一位高挑的女人，麥色的皮膚看起來很健康，她穿著白大褂輕盈地向趙燁跑來，紮在後面的馬尾辮隨著跑動起伏。

「請問你有什麼事情嗎？」

「我也是實習醫生，叫秦嵐，我想跟著你一起實習！」

「實習？你跟著我實習幹什麼？我又不是這裏的帶教醫生。」趙燁奇怪地道。

「我聽說了你的故事，很敬佩你，我想跟著你實習一定比跟著其他老師學到的東西更多。」秦嵐說得很真誠，可趙燁卻無動於衷。

「不行，我又不在臨床工作，我現在的身分也不是這裏的醫生，我只是易盛藥業的研究員。」趙燁擺手拒絕道。

「那你剛剛怎麼還對病人實施急救？」秦嵐不依不饒。

趙燁皺了皺眉頭，看著這位高挑的女生道：「難道讓我看著生命流逝，眼睜睜地見死不救？雖然我剛剛的做法可能會受到處罰，但做醫生不能沒有良心！」

秦嵐很認同地點了點頭，然後小聲問道：「師兄你剛才害怕麼？是不是第一次插啊？」

「當然不害怕，又不是第一次！我做過很多次了。」

「怪不得你插得這麼準，原來你經常做這種事。」

趙燁突然覺得跟秦嵐說話很彆扭，什麼第一次，什麼插得準啊，如果身邊有其他人，肯定會誤會。

「我沒時間，走了！你還是好好實習去吧！」趙燁說完轉身就走。

然而秦嵐似乎鐵了心要跟著趙燁，無論趙燁說什麼她都不聽，威脅、利誘、好言相勸都用了，秦嵐就是一句話。

「我要跟著你！」

「我服了，你願意跟就跟著吧，反正我不理你！」趙燁雙手一攤開，算是認輸了。

其實秦嵐挺漂亮，她的五官談不上精緻，容貌也算不上絕世，只能歸爲漂亮一類，然而漂亮的容顏再加上她的身材與皮膚，給人一種健康而活力四射的感覺，同時她燦爛的微笑讓人覺得非常舒服。

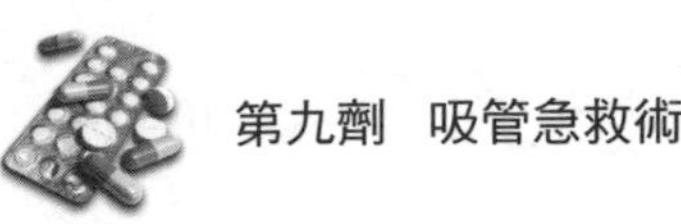

僅僅一個上午時間，在腫瘤科劃給易盛藥業做研究的辦公室，所有研究人員都認識了這位叫秦嵐的女孩，並且認可了她的實習醫生地位。

現在沒人在乎她實習醫生的身分，更沒有人在乎她在這裏是不是合理。他們只知道，口渴的時候這位實習醫生會給他們倒水，需要將研究資料送檢的時候，實習醫生總會第一個出現，總是哪裏有需要，哪裏就有秦嵐，於是她在易盛藥業的研究室內成了最受歡迎的人。

趙燁這個不善藥物研究的掛牌研究員卻成了閒人，精確而深入的藥物研究趙燁沒辦法參與，術業有專攻，畢竟趙燁只是個普通大學的畢業生，雖然他很努力，在手術上成就驚人，可他在藥物研究上並非長項，在研究中他的作用並不大。

網路上的風暴並沒有因爲易盛藥業的整體沉默而平息，相反地，對他們的攻擊愈演愈烈，幾乎所有人都在攻擊易盛藥業不道德的行爲。

甚至說易盛藥業爲了金錢開始複製人，打算販賣人體器官，又說他們爲了抗癌藥物，已經殺死了無數人，要求將明珠集團老總繩之以法。

沉默的研究團隊依然在默默努力，最好的反擊辦法就是用事實來證明他們並沒有錯，眼前是藥物研究的關鍵時刻，首批進入臨床試驗的五位患者已經接受了抗癌藥物的治療，目前正在觀察中。

趙燁雖然幫不上什麼忙，可也沒閑著，這幾天他都在整理資料，關於易盛藥業這個抗癌藥物的資料，趙燁準備將它們合集出版，當然這是爲了告慰天國之上江海的亡靈。

轉眼間，趙燁回到長天大學附屬醫院已經五天了，醫院這五天來幾乎沒有什麼變化，依舊病人稀少，易盛藥業研究室內依舊緊鑼密鼓地工作著，人人都埋頭努力工作，唯一的變化是研究室內多了一名活力四射的女生，秦嵐！

這個喜歡運動的女生，讓這些每天在屋裏研究的宅男們變得活潑起來，甚至有些研究員在她的帶動下開始晨跑，秦嵐似乎永遠充滿活力，每天除了運動，還在研究室內包攬各種雜活，甚至還當起了衛生專員，趙燁從來不接受她是自己的實習醫生這個事實，更沒有閒工夫教她什麼，甚至都沒時間跟她多說一句話。

然而這天早上秦嵐卻走到趙燁面前，微笑著說道：「趙大醫生，別每天都是一副苦大仇深的樣子，我知道你壓力大，壓力大也要健康生活啊！你也是個醫生，不會這點道理都不懂吧，來笑一笑。」

趙燁瞥了她一眼，轉過去不理她，繼續整理他的抗癌藥物資料，可秦嵐並不放棄，她又將注意力集中在趙燁手中的資料上。

「你準備寫論文麼？是向哪家雜誌投稿呢？」

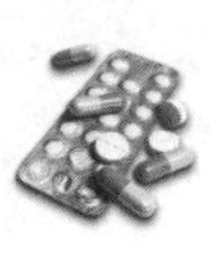

「《自然科學》，另外這不是我的論文，確切地說是我老師的論文，更是全體易盛藥業研究人員的論文，我只是幫忙完成而已。」

《自然科學》雜誌是全世界名聲最響亮的雜誌之一，華人少有在上面發表文章的，中醫更是史無前例，如果江海的名字出現在上面，將是一種榮耀，更是一種標誌，同時也是對這些媒體質疑的最好回擊。

秦嵐顯然被趙燁的豪言壯語嚇了一跳，她不再說什麼，不知道從哪裏抽出一張大信箋遞給趙燁說道：「你的信件，似乎是一本書！」

趙燁原本以爲是什麼藥商發來的宣傳雜誌，根本沒有興趣，可當他接到手裏的時候，眼神明顯變得不同。

最後趙燁更是非常激動地將其拆開，眼中漸漸濕潤了，這是趙燁以江海名義整理的針灸筆記，前些日子投向國內的權威雜誌，這封信就是告訴趙燁，論文發表了。

當然這只是一部分，全本的資料趙燁已經遞上去了，出版的時間也不會很遠，到時候署名江海的書籍將會擺上各大書店的書架。

中國人自古以來對著書立說有著近乎狂熱的嚮往，無論哪位先賢都逃脫不了它的吸引力，到了近代更加瘋狂，出書甚至成爲一種時尚，許多人開始自費出書，哪怕一本都賣不出去也要出。

江海原本淡泊名利，可在晚年卻也忍不住要留下姓名，讓江家世代的名醫在世界上留點東西。

趙燁不能理解這些，但他卻按照江海老人的遺願完成了一切。

當趙燁拿出這本書的時候，研究室內的很多研究員都注意到了，他們紛紛放下手頭的工作，圍在趙燁身邊翻看那雜誌。

「真不錯，這雜誌很難上的，特別是中醫！趙燁你果然有一手啊！」其中一位研究員贊道。

「就是，這本可算得上權威雜誌，花錢是上不去的！」

「我們抗癌藥物的資料整理得怎麼樣了，趙燁你加油啊，趕緊讓我們的資料也快點上雜誌，這樣那些謠言就不攻自破了。」

那些媒體歪曲事實的報導，的確打擊了大家的工作積極性，所有研究員不約而同地渴望早日沉冤得雪。

「放心，快弄好了，中英文雙版本，我打算投給美國的《自然科學》，現在唯一的問題就是臨床應用試驗上資料匱乏，我們剛剛進行研究，這東西還需要等一段時間。」趙燁安慰大家道。

「其實我們不用著急，李醫生不是說找記者來調查麼。我想那記者再大牌也應該到了吧，我們的不白之冤都蒙受這麼久了。」

「就是，雖然我們的工作就是專心致志做研究，但這也太打擊大家的積極性了，不如我們自己加快研究速度，發表論文到權威雜誌上，到時候讓那些無良媒體去攻擊世界權威的雜誌！哈，想想都有趣，不知道他們那張利嘴能不能把外國人說服。」

在眾人的哄笑聲中，一直默默不語的秦嵐低聲說道：「各位老師，我只是實習醫生，很多問題我都不懂，但我一直相信你們，因爲對於這項研究你們這麼有信心，絕對不是騙人的！我想問的是，你們會不會急功近利了呢？如果研究太快，會不會出現什麼問題呢？」

如果是別人說出這種質疑的話，恐怕在場的人多半要生氣，可這幾天秦嵐跟大家混熟了，那群研究員都把她當小妹妹看待，無知的實習醫生小妹妹。

「這個你放心，我們嚴格按照規定進行，即使國家來查也沒有絲毫問題，就算是以歐美國家那種更加嚴格的標準也沒有問題，外面的報導其實都是假的，他們收了錢胡說八道，更有一些是被人利用了……」其中一位研究員解釋說。

「那我還想問個問題，你們剛剛說到加快進度，如果你們加快進度了，會不會有問題呢？」秦嵐低聲說道。

聽了這個問題，大家面面相覷，誰都不願意回答，因為加快進度的確是有問題的，卻又不是越界，只是實驗手法上不同而已。

看到大家沉默，趙煒做出了解釋。

「現在我們的實驗已經能夠證明藥物對癌細胞的抑制作用，在小白鼠等動物身上也得到了實踐證明，目前正在進行人體藥物治療，可見效太慢，我們還需要漫長的等待，以確定藥物的確對癌細胞有滅活作用，想要加快速度只有一個方法！」趙煒說著頓了頓，看著大家緩緩開口道：「我們需要一台手術來配合藥物臨床試驗。」

「手術？」秦嵐疑問道。

「沒錯，就是手術！在座的大家都明白，我們的這個藥物以目前的實驗資料來看，對癌症的治療效果已經可以確定，但是局限於研發的規定，我們必須一步一步來，嚴格遵守國家藥物管理局的規定，現在我們仍然缺少一些研究資料，所以這是一個門檻，我們暫時還邁不過去。」

「當然我不是對規定有什麼怨言，國有國法，家有家規，無規矩不成方圓，我們一定要遵守規定。」

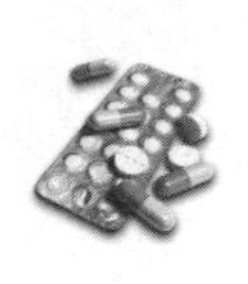

「但是在規定的範圍內，我們可以進行更加靈活的操作，我的想法就是利用手術！我們可以對癌症病人進行手術切除腫瘤治療，這樣在手術這種更加直觀的觀察下，我們可以取得相應的資料。」趙燁淡淡地說道。

「這麼簡單，爲什麼不做呢？」秦嵐的問題的確很不專業，不過這並不影響研究員們對她的好感，大家只是把她當成什麼都不懂的實習醫生而已。

「沒那麼簡單，手術很難，並且很危險！沒有醫生願意做這樣的手術，特別是在這種時刻，即使患者簽署了手術同意書，大家都會覺得這是醫院在用患者做試驗！」一位研究員解釋道。

趙燁歎了口氣道：「目前進行臨床試驗的患者癌症多半是晚期病人，癌細胞已經擴散了，藥物需要作用多處，很是困難。」

「要儘快取得資料的最好辦法，就是用手術把癌細胞全面切除，這種手術危險非常大，患者很有可能醒不過來！」

過了一會兒，趙燁繼續說道：「但是我決定試一試，我們不能坐以待斃。」

「這個不太好吧，還是按照原計劃來吧，我們多等一等，如果你來手術，萬一失敗了，你會萬劫不復的。」

「是啊，現在人人都在關注著我們，手術失敗，就意味著患者會死在手術台上，你到時候想說也說不清楚的。」

「這手術失敗機率很大，你這樣上手術台壓力太大！」

「不如我們用其他醫生秘密手術，這樣你也能避避風頭。」

眾人紛紛勸阻趙燁，然而趙燁卻越發堅定，他揮了揮手示意大家安靜，然後道：「我們應該想想，手術成功後能給多少正在遭受癌症折磨的病人帶來希望。不要勸我了，我們又沒有違規操作，作為醫生更沒有漠視生命，即使沒有那些媒體胡亂報導，我也會選擇利用手術來加快研究進度！」

「好了，就這麼決定了。你們可以根據我的手術修改研究方案，我去辦理手術。我還得先去說服患者，再去說服李傑大叔。」

癌症晚期的病人通常是不適合上手術台的，因為癌細胞擴散到了全身，即使手術也無法將全身的癌細胞清除，手術只能平添痛苦，甚至加速死亡。

但是有了易盛藥業的新型抗癌藥物就不一樣，手術可以清理大多數的癌細胞，剩餘的癌細胞則可以用藥物來清理乾淨。

這樣做的好處就是可以讓藥物更快治癒患者，雖然從手術的嚴重創傷中恢復很慢，但比起漫長的抗癌治療來說，短短十幾天的恢復期算不上什麼。

用手術切除大部分的癌細胞可以讓抗癌藥物更快見效，當然這藥物如果應用在癌症早期病人身上，或許更能體現價值。

但是沒有病人願意放棄希望，來加入臨床試驗，因爲他們還有時間，完全可以等到藥物完全成功了再進行治療，只有那些晚期病人，等不到藥物問世的那一天，才會加入臨床測試研究。

所以趙燁這種手術切除只是一種捷徑，說白了就是先切除後用藥，將大部分癌細胞切除，少部分用藥物來殺滅。這樣治療癌症患者更容易一些。

當然任何事情都有兩面性，首先是這個手術難度非常高，癌症晚期患者的癌細胞已經擴散到各個器官，所以這手術幾乎要將所有器官中的癌變組織都清除。這種手術所涉及的組織通常在三個以上，也就是說要將三個以上的器官進行部分切除。

手術切除的創傷非常大，人體器官每一個都很重要，這些重要的器官在手術中被切除一半，這將是多麼大的損害！

這手術風險也非常大，所以在趙燁向李傑提出建議時，這位老牌醫生不禁有些動容，他沉默了好一會兒，然後拍著趙燁的肩膀道：「想做就去做吧，至於患者你不用擔心，我們這裏正好有一個合適的患者，原發性肝癌、肺轉移，腸轉移。其實我也想過手術，但是還沒決定，你拿著病歷去看看患者吧！」

李傑說著將患者的病例遞給了趙燁，默默地看著趙燁拿著病歷離去。

坐在趙燁身邊的李中華可沒有這麼冷靜，待趙燁離開後，他才擔心地對李傑說道：「真沒問題？這種手術以趙燁的實力雖然能做，但是患者萬一醒不了怎麼辦？」

「萬一患者醒不了，趙燁正好可以脫離這個黑暗、骯髒的行業。你知道麼，這次媒體風暴愈演愈烈是明珠集團那群董事們算好的，甚至一些跟我們關係良好的媒體都在攻擊我們，他們要的就是我們成功的那一刻的絕地反擊。」

「到時候是多麼富有傳奇色彩啊！他們只想借機炒作，那群混蛋竟然把商業手段帶到了這裏，根本就不把下面員工的感受放在眼裏，更不考慮患者，他們眼中只有錢。」

李傑的話語裏儘是不滿，可他也沒有辦法，雖然他是最大的股東，可以面對其他股東的聯合，李傑只能無奈地接受。

李中華怎麼也沒想到李傑會這麼說，於是更加擔憂：「我們不能放任不管啊！憤怒歸憤怒，趙燁可是我這麼多年來看見的最有才華的醫生，比起二十年前的柳青也毫不遜色。我去

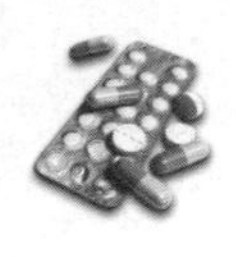

阻止他吧，沒必要爲了這個賠上他的職業生涯，風暴總要過去，忍一忍也就是了，萬一手術失敗了，醫療界最耀眼的新星可就隕落了，我不想看見他成爲第二個柳青。」

李中華剛站起來，卻聽到李傑懶洋洋的聲音說道：「沒這個必要，趙燁的確是最有才華的年輕醫生。年輕時的柳青，還有我，其實都不如他這般驚才豔絕，他是與眾不同的，我想他之所以這麼出眾的原因，正是因爲他這種性格。」

「如果他跟所有人一樣，覺得這個手術沒法做，那他就不是趙燁了，他能做這個手術，更能取得成功，因爲他是趙燁！」

第十劑

癌末手術

手術接近了尾聲，整個過程趙燁沒有犯絲毫錯誤，他不但將癌細胞切除得非常乾淨，對於組織的損傷也很小，堪稱完美的手術！

趙燁對於患者清醒很有信心，他甚至在盤算手術後應該給予患者什麼樣的藥物，多放些補元氣的中藥是不是可以讓他恢復快點。

然而就在他準備將患者身體縫合，即將完成整個手術的時候，他突然發現患者心包部分有些不對。

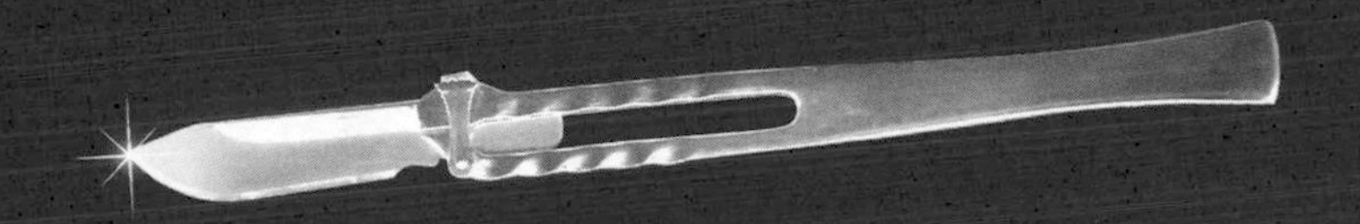

趙燁其實只是個凡人，他也知道什麼叫做害怕，更知道什麼叫做壓力，面對挑戰，他更知道應該做什麼。

原本這手術可以不做，可他卻將責任全部扛到自己肩上，說他偉大並不合適，趙燁作爲醫生雖然關心病人，關注病情，可他這次手術更多的卻是爲了江海的名聲，同時也是爲了自己，患者反而放在了後面。

手術風險很大，無論對趙燁還是對於患者來說，失敗都是不被允許的。特別是對於明珠集團來說，這失敗更是不能容忍的，可李傑依然給趙燁開了綠燈。

趙燁拿著患者的病例一頁頁地翻看，對於這樣的患者，趙燁很滿意。最起碼這患者不是那種全身性的癌轉移，只有肺部、少數腸壁的轉移還是可以容忍的，根據影像學的片子，轉移的腫瘤並不是很多，手術完全可以清除。同時即使是原發部位肝臟，腫瘤也不是特別地巨大，並沒將整個肝臟破壞。

然而手術難度依舊很大，只是比起那種癌細胞都轉移到脊柱神經中沒有救治的病人還是強很多。

面對眼前的手術，趙燁的感覺很奇怪，按理說他壓力應該非常大，畢竟關係到自己的職業生涯，可他內心中卻很平靜，究其原因，真正決定手術成敗的不僅是術者的能力，更多的還是患者身體的因素，以及運氣，還有一個原因就是趙燁強烈的自信。

秦嵐來醫院也有差不多十天了，作爲一個實習醫生她其實並不合格，然而她勤勞肯幹，又不恥下問，再加上她甜美可愛的笑容，贏得了大家的喜愛。

雖然她經常跟著趙燁去實驗室，可趙燁卻跟她一直沒什麼交集，趙燁多半時間都是在忙著整理資料，並不理睬她。

可秦嵐卻不在乎，她似乎對趙燁很感興趣，總是有辦法出現在趙燁眼前，就在趙燁準備去看那位要接受手術的病人時，依舊能看到她的身影。

那是一位消瘦的肝癌晚期患者，眼睛深深地凹陷下去，非常嚴重的腹水，整個肚子鼓起非常大，疾病讓他看不出實際年齡。

秦嵐此刻正在患者身邊做實習醫生最基本的工作，觀察腹水引流的情況，她總帶著微笑，即使在這種枯燥的工作中。

患者似乎被她愉悅的心情所感染，露出了久違的笑容，兩個人不知道在低聲談論著什麼，趙燁走進病房後，直接對患者說明了情況，然後非常直接地提出了手術的建議。癌症晚期患者多半對於病情已經有所察覺，然而面對死亡，每個人的感覺都不一樣。

「手術我不打算做了，反正我也活不了多久。」

趙燁萬萬沒想到這位患者竟然放棄了對生命的渴望，這樣的異類並不是沒有，只是非常少見，特別是在聽到癌症可以治癒的情況下。

趙燁有些不敢相信，於是再次開口確認道：「你真的確定放棄手術？這次手術，我有百分之八十的把握，另外這次手術費用可以完全免除。」

「百分之百又如何？」患者輕蔑地看了一眼趙燁道。

患者不願意手術，說什麼都沒有用，誰也不能把他綁在手術台上。

趙燁沒再多說什麼，木然地準備離開，這位患者不行，或許就要挑選那些狀況不好的了。只是如此一來，患者情況變得更差，手術失敗的可能性會增加很多。

這是趙燁不願意看到的，手術失敗不僅會把他的職業生涯賠進去，更會讓患者失去生命，眼前這位患者拒絕手術，恐怕也活不了多久。

在趙燁準備離開的時候，秦嵐從後面趕了過來，低聲對趙燁說道：「我勸勸他吧，你在外面等一會兒。」

趙燁猶豫了一下，然後點了點頭，然後靜靜地守候在病房外，焦急地等待了半個小時後，終於有了消息，秦嵐面帶微笑地推門出來。

「搞定了！他同意手術。」秦嵐高興地對趙燁說道。

「謝謝你！」趙燁說。

「不客氣，我希望你能將手術做好，能將這患者救活。」

趙燁與秦嵐有過幾次面對面的接觸，可他第一次發現這女生其實挺可愛的，或許是因爲他們將能救活一個人的原因吧。

「放心，這患者我很有把握，至於能不能好起來，還要看他的身體狀況，對了，手術你有興趣麼？作爲實習醫生，你可以進手術室，但是這手術你不能動手。」

秦嵐沒想到趙燁會帶她進手術室，於是興奮地說道：「我還沒進過手術室，這算是對我的特殊獎勵嗎？」

「算吧！表現好點，以後還有機會！」

「這話應該是我對你說，這次手術一定要成功哦，到時候我也會給你一份特殊獎勵！」

趙燁還記得自己第一次真正進手術室的心情：緊張、憂慮、興奮。在厚厚的手術帽以及口罩的掩護下，他輕鬆地冒充教授進入手術室。

那是一個美好的、充滿刺激的回憶，那次冒充教授到現在還是個無頭公案，想起一年前的稚嫩，趙燁還覺得有些好笑。

時間流逝，轉眼間，趙燁已經成爲長天大學附屬醫院手術台前的標誌性人物。

一步步邁上主刀這個位置並不容易，有的人花了五年，甚至十年的時間才完成這一步，而趙燁卻僅僅用了一年。看著今日稚嫩的秦嵐，趙燁不由得一陣唏噓感歎。

手術日期定在第二天，趙燁只有一夜時間做準備，他在醫院裏點燈熬油地研究到了夜裏，一直等到所有值夜班的醫生都跑去醫生休息室準備睡覺了，趙燁才離開。

現在趙燁住在趙依依家，每當他邁入那高檔社區的門口，都覺得有人在看他，雖然清者自清，可那怪異的眼神卻讓人很難受。

然而趙依依卻絲毫不在意，總是抱著趙燁的胳膊一臉幸福的樣子。趙燁對此很無奈，可又無力改變，於是只能每天忍受著異樣的目光進進出出。

今天趙燁因爲要準備手術，趙依依便一個人先回去了，等趙燁回去的時候，發現趙依依竟然躺在沙發上睡著了。

客廳的電視中，那些漂亮的演員依舊爲了芝麻大的小事流眼淚，隔壁的小飯廳裏，趙依依準備的飯菜卻早已經涼了。

看著熟睡的趙依依，趙燁才明白他應該早一點回來，其實手術準備完全可以不在醫院完成。

趙燁心裏很清楚，他之所以這麼晚回來，是因爲有點不願意跟趙依依一起走，其他人那種異樣的目光實在讓人不好受。

然而現在趙燁發現自己錯了，別人愛怎麼看就怎麼看吧，猜疑也好，詛咒也罷，趙燁只想專心做自己。

趙燁輕輕地將電視機關掉，慢慢坐到趙依依身旁，她睡得很甜美，猶如一隻小貓，蜷縮在沙發上。

趙燁忽然童心大起，伸手在趙依依的耳廓上輕輕地撥了撥，睡夢中的趙依依只是輕輕地哼了一聲，翻了個身繼續睡覺。

看著趙依依那不耐煩的可愛表情，趙燁心中大爽，暗道：讓你平時總是用流氓手段對付我，現在輪到我報仇了。

趙燁又用手輕輕地刮了刮趙依依精緻高挑的小鼻子，趙依依俏臉一緊，玉手在面前撥了撥，想趕走搗亂的趙燁，她好像很累，在趙燁多番騷擾下，依舊在睡夢中，趙燁心中大爽，準備進行下一步行動。

趙燁的下一個目標鎖定在趙依依纖細的玉足上，那是一雙雪白晶瑩的小腳，晶瑩如玉，柔美如緞，十個腳趾的趾甲都作淡紅色，像十片小小的花瓣。

趙燁原本只是在開玩笑，多半是出於惡作劇的心理，可當他觸摸到趙依依溫膩柔軟的雙足時，一顆心登時猛烈地跳了起來。

這時趙依依也醒了，只是還是朦朧，她睜眼看了一下趙燁，然後迷迷糊糊地說道：「我做好了飯，等你半個晚上才回來。你去吃飯吧，我去睡覺了。」

趙燁不敢多說，趕緊夾著尾巴溜走了，沒走出幾步，又聽到趙依依說：「剛剛有個電話找你，女的，聽聲音很甜。」

女人？還是個有很甜的聲音的女人？

趙燁搜遍了整個記憶也沒想起來是誰給自己打電話。

趙燁平時電話很少，少到最近他都很少帶手機，於是他那用了許多年的老舊手機變成了無線座機。

拿起電話，趙燁才發現打電話來的是個陌生的號碼，既然對方能叫出自己的名字，那應該是個熟人，於是趙燁想也沒想就撥通了電話。

電話的另一頭的確是個女的，可惜並不像趙依依說的那樣，聲音很甜美。

「趙燁？你跑到哪裏去了，難道不知我在找你麼？現在才給我打電話來啊！」趙燁覺得電話那頭不如說是母老虎更貼切一些，剛剛接到電話就被劈頭蓋臉地一頓亂吼，趙燁卻怎麼也想不起來跟哪個女生有過約定。

俞瑞敏？

趙燁突然想起了那位小師妹，許久沒聯繫她了，或許她會給自己打電話，可聽聲音又不不像。

「你是誰啊？」

「我是誰？你難道忘了我給你的聯繫方式了麼？我一直在等你的電話，你卻不知道跑哪裏去了！」

趙燁想了半天，還是不知道對方是誰，算起來他朋友很多，可自從當了實習醫生以後，他很少與那些朋友們在一起了，在大腦裏搜索了半天，趙燁還是想不起來。

對方顯然對趙燁如此反應很不滿意，怒氣沖沖地吼叫道：「你真是太氣人了，我是鄒夢嫻！難道你記不住我，也記不住鄒舟麼？」

鄒夢嫻從來沒遇到過趙燁這樣對她毫不在乎的人，換做其他人得到了她的邀請，早就在第一時間給她打電話了，可趙燁卻完全將她忘記了。

趙燁忘記了給鄒夢嫻打電話，卻沒有忘記鄒舟。

在一個月前的手術中，鄒舟被趙燁救活了，可在術後，趙燁卻有些不敢面對她，究其原因是趙燁有些害怕。

整個手術雖然順利，可手術切除了大部分腦組織，術後她雖然奇蹟般地清醒了，然而真正的恢復需要漫長的時間。

現在的鄒舟也許會因爲顱內的損傷而失去語言、視覺等某些功能，趙燁不想看到她這樣，特別是在自己對她病情恢復無能爲力的情況下。

「鄒舟還好麼？」趙燁過了好久才開口問道。

「嗯，她恢復得很好，只是手腳還不太靈活，並且她忘記了許多事情，沉默寡言，還有就是，她性格變了很多……」鄒夢嫻的聲音越來越小，最後竟然轉爲嚶嚶的哭泣。

「對不起。」

「沒有什麼對不起的，對於她現在的情況所有醫生都說這是個奇蹟。這一個月我看遍了世界頂尖的神經科醫生，沒有一個人覺得鄒舟能夠在那樣的手術中完全恢復，正如他們覺得鄒舟的病不可能被治癒一樣。」

「我想了很久，你們可以通過手術救活鄒舟，那麼你們一定有辦法幫她康復，幫她變回那個無憂無慮的孩子！」

鄒夢嫻是個色藝雙全的女明星，她除了長相甜美外，在音樂方面也造詣頗深，她的音樂被人們稱之爲震撼靈魂的歌聲。

然而真正讓她成爲世界級明星的還是她的演技，在大螢幕上人們看慣了她感人的表演，比起那些三流明星的哭哭啼啼，她在螢幕上每一滴眼淚都震撼人心。

許多人都說鄒夢嫻的表演很入戲，可如果他們看到現在的鄒夢嫻，恐怕再也不會說出那樣的話，人真正的感情，永遠不會在外人面前表現出來。

「我希望你能來做鄒舟的私人醫生，我覺得只有你才能讓她恢復，我希望你能答應我的請求，我可以給你豐厚的報酬。」

「這對我們都有利，你作爲鄒舟的私人醫生，我可以保護你，現在你的情況我很清楚，在媒體如此的攻擊下，躲開一段時間才是最好的選擇，你可以在我這裏躲一躲，等過一段時間，鄒舟病情好轉了，我可以幫助你恢復名譽。」

「我保證，對媒體我還是有些影響力的，你可以想一下，你做爲我的私人醫生出現在媒體面前時，人們對你的印象絕對會大爲不同。」

這個條件很誘人，鄒夢嫻覺得趙燁沒有拒絕的理由。

「對不起，我還不能去做鄒舟的私人醫生，起碼現在不行。我必須完成眼前的事情，對

不起，我還要準備明天的手術，如果沒有別的事情，我掛電話了。」

趙燁拒絕得很乾脆，沒有絲毫猶豫。這完全出乎鄒夢嫻的預料，她怎麼也想不到趙燁竟然如此不近人情。

「你個混蛋，難道不在乎鄒舟了麼？」

「我就是在乎，所以才不能立刻去給她治療，她現在的情況我也沒有辦法，我去了只會添亂。」

「另外我現在還有更重要的事情，正如你所說，我現在面臨巨大的困境，我不能一走了之，如果我走了，其他人怎麼辦？我不能就這麼逃走，如果我那麼不負責，恐怕你也不敢用我吧？」

「我明天有一個手術，用不了多久這事就會解決，你放心，我完成了以後，一定會去給鄒舟做治療。」

「去做你見鬼的手術吧！」鄒夢嫻憤怒地掛了電話。

趙燁只能搖了搖頭，鄒舟的病情他不是不關心，只是那病急不得，趙燁即使去給她做治療，也沒有什麼特別幫助，不如讓她安靜地修養。

看著已經涼了的飯菜，趙燁徹底沒有了胃口，術前之夜原本應該好好休息，將身體調整到最佳狀態，卻沒想到發生了這許多事。

然而趙燁知道，這不過是手術之前小小的前奏，待手術過後好戲才真正上演！

趙燁的手術其實很有意思，很多手術都是在公開的情況下完成的，幾乎有一半以上的手術是在擁有觀摩台的手術室完成的，還有少數情況是在無人知曉的情況下進行的。

而今天趙燁的手術很少見地安排在一間普通的手術室裏，沒有過多的宣傳，更沒有人觀看，甚至手術室外都沒有患者家屬，這只是一台普通的手術。

然而對於趙燁來說，手術就是手術，即使擁有再多的觀眾，即使擁有太多的壓力。

只要穿上無菌手術衣站在手術台上，他便會全心全意地專注於手術上，哪怕外面發生再多的事情，也與他無關。

今天的手術人員組合很奇怪，主刀人員是已經離開了長天大學附屬醫院的實習醫生趙燁，之所以還稱他爲實習醫生，是因爲趙燁還沒畢業，雖然人人都知道他早已經超越了實習醫生的能力。

這台手術的第一助手是腫瘤科的副主任醫師，名字叫譚鑫。本來李中華是要來擔當助手的，但這位副主任醫師譚鑫自告奮勇，於是李中華將這次機會讓給了他。

因爲李中華知道，自己離開的日子不遠了，以後長天大學附屬醫院的腫瘤科只會比現在更好，發展得更迅速，因此需要一位好醫生接替他科室主任的位置。

譚鑫是年輕一代醫生中的佼佼者，只是多年來李中華不肯放權，將這位年輕醫生的光芒掩蓋了。

如今無欲無求的李中華完全將權利放開，他希望能夠在退休之前培養出一兩位合格的接班人，譚鑫無疑是他最看好的人選之一，因此他將這次與趙燁手術的機會讓給了他。

趙燁從來沒想到，現在在長天大學附屬醫院人人都高看他一眼，甚至能夠與他同台手術都成爲眾位醫生們爭搶的事。

在眾位醫生的印象裏，趙燁再也不是那種依靠關係、投機取巧的實習醫生，現在人人都承認他的實力。

甚至他們將趙燁推崇到了李傑的那種高度，趙燁實力超群的確是不爭的事實，能夠與他同台手術，對於任何一位醫生來說都是非常好的學習機會。

第一助手是譚鑫，可人們想不到第二助手竟然是秦嵐，又是一個名不見經傳的實習醫生。

根據她的資料，她是協和醫科大學的高材生，在普通醫生眼中，她是很神秘的那種類型。或許是因爲趙燁的橫空出世，人人都不敢再輕視實習醫生。

然而瞭解秦嵐底細的人都知道，這位實習醫生其實很差勁。雖然是國內最頂尖的醫科大學的實習醫生，可她在易盛藥業研究室裏表現出來的差勁確實有目共睹。

手術安排在早上九點鐘，趙燁在八點半就開始準備手術。

八點五十麻醉師麻醉完畢，助手們對患者進行消毒鋪巾。

九點整，穿著墨綠色手術衣的趙燁雙手高懸胸前，宣佈手術開始。

癌細胞擴散到全身的病人手術非常罕見，多數癌症病人的手術都是在沒有擴散之前。眼前這位患者全身多處腫瘤，所以這台手術不僅難度大，時間更長，需要一個一個器官處理，整個手術下來到底用多少時間，誰都不知道。

貼心的巡迴護士似乎料到了手術過程會異常艱苦，在手術開始時就搬來了凳子，並且放在了合適的位置。

當護士將凳子放在趙燁身邊時，卻發現這位主刀無動於衷，他接過手術刀閉著眼睛，似乎在思考什麼。

大約十幾秒鐘後，趙燁再次將昨夜定好的手術計畫回憶了一遍，趙燁喜歡做有把握的事

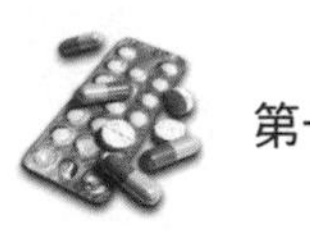

情，特別是面對手術，他不願意放棄任何細節。

回憶完手術計畫後，他拒絕了器械護士的好心，淡淡微笑道：「先把凳子搬走吧，我需要的時候會叫你拿過來的。」

趙燁再也不是那個魯莽的實習醫生，不會不近人情地訓斥護士一頓，在手術室坐著是很正常的，畢竟任何人站七八個小時甚至更多時間都會受不了。

可趙燁卻頑固地堅持站著手術，因爲他覺得這是一種態度。

鋒利的手術刀在右上腹切口，在鮮血湧出之前，手術刀已經破開了皮膚，切斷了肌肉。趙燁的手術快速而穩健，手術刀精確到了讓人驚歎的地步，作爲助手的譚鑫還沒反應過來，趙燁已經將手術刀還給了護士，開始著手準備將肝臟暴露出來。

第二助手秦嵐更沒反應過來，本來她能夠進入手術室就是趙燁的額外照顧，趙燁也沒打算讓她這個不合格的實習醫生幫忙。

秦嵐也知道這一點，可是好不容易進入手術室的秦嵐並不打算就這麼無所事事，就在趙燁準備進行下一步的時候，這個被口罩與手術帽遮住臉龐，只露出一對漂亮大眼睛的女孩突然開口問道：「我可以進行拍攝嗎？」

趙燁看了看她手中的DV漠然道：「患者同意就可以。」

「他是同意的，那我可拍了啊！這是我第一次進手術室，我想把手術拍下來慢慢學習。」秦嵐把玩著用無菌塑膠包裝著的ＤＶ說道。

譚鑫不知道這位第二助手跟趙燁是什麼關係，不過他聽說趙燁身邊經常有漂亮女生出現，無論是菁菁、趙依依，還是俞瑞敏，都是各具特色的美女。眼前這位實習醫生雖然包得很嚴，卻也看得出容貌姣好，又與趙燁年紀相仿，恐怕也與趙燁有些關係。於是譚鑫開口說道：「這樣的手術就應該拍攝下來好好學習，咱們趙醫生主刀的手術可是值得一生學習的啊！」

趙燁並沒有理會這個明顯得不能再明顯的馬屁，只是低頭繼續做他的手術，秦嵐用ＤＶ錄製下了一切。趙燁對手術的專注，譚鑫笑容的無奈。

手術過程波瀾不驚，趙燁的手術比起其他肝膽專家的手術似乎沒什麼特別，可如果看看牆壁上的計時器就能發現，趙燁的手術非常快。

從手術開始，趙燁就沒有什麼特殊操作，一切都是規規矩矩的，如教科書般經典的手術操作：切開皮膚，解剖第一肝門，再切斷肝圓韌帶和鐮狀韌帶，然後切斷右側肝周韌帶，分離肝右葉，肝後下腔靜脈……

趙燁給人的感覺一直都是膽大心細，在手術上以手法新奇，技術創新聞名，可今天趙燁

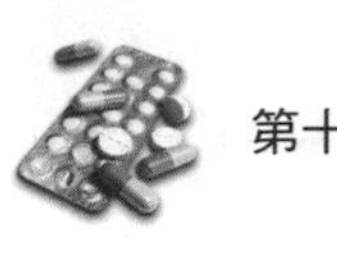

的手術方法完全是教科書上的經典方法，整個過程乾淨俐落，手術刀精準得令人驚歎。

或許這樣的操作讓身爲第一助手的譚鑫有些失望，可如果是李傑看到了恐怕會給出趙燁非常高的評價。或許這樣的手術有些枯燥，可就是這樣規規矩矩的手術才能顯示出一個醫生真正的水準，所謂在平凡中見真諦，就是這個道理。

隨著手術的進行，趙燁不知不覺間已經將上、下肝門供應肝中葉的血管阻斷，此刻肝中葉區域顏色變成暗紫，界限明顯。

接下來趙燁準備切除肝臟中葉的癌變部分，他在右葉間裂和左葉間裂的內側各零點五釐米處切開肝被膜，柳葉刀對準下腔靜脈方向切開肝實質，將癌變部位暴露出來。

肝臟內的腫瘤並不像顱內腫瘤一樣，肝臟並不像大腦那種嬌貴、精密的器官，趙燁完全可以大膽地將其切除。

但這不代表肝臟腫瘤切除非常簡單，其實這手術難度非常大，在手術過程中必須嚴格按照解剖程序進行血管分離。

在切開肝臟中葉的時候，還需把肝斷面上的小血管與膽管分別逐一鉗夾、切斷並作結紮或縫紮。

肝臟內腫瘤的切除只是手術的一部分，這一部分完全可以獨立稱之爲一台手術。

或許是今天這手術趙燁沒有什麼驚人之舉，又或者是手術實在太過龐大，這第一部分並沒什麼值得關注的。

手術室中的麻醉師、護士、第一助手都覺得手術索然無味，只有第一次進手術室的秦嵐還在認真地用DV拍攝著一切。

「肝臟腫瘤取出完畢，拿去做病理檢查吧！」趙燁說著將雞蛋大的腫瘤丟到專用的器皿中，然後長長地舒了一口氣道：「進行下一步。」

麻醉師聽到趙燁的命令後，開始調整麻醉機，突然他發現機器上顯示的麻醉時間，也就是手術時間竟然只有一個小時！趙燁竟然僅僅用了一個小時就完成了這個標準時間爲三個小時的肝臟腫瘤切除。

整個手術過程看起來似乎並沒有什麼特點，可仔細回想起來，那精準的操作、匪夷所思的速度，不都是特點麼？

在麻醉師覺得震撼的時候，他又發現患者的血壓幾乎無明顯變化，再看看血液收集袋，幾乎是空的，整個手術過程出血量非常少……

麻醉師倒吸一口涼氣，他此刻才真正感覺到趙燁的確不是普通的醫生。

如果李傑說他是將手術刀玩得最好的人，恐怕全世界沒有幾個人會質疑，柳葉刀到了他的手中，就像是手指一般，切、割、挑無所不能。

趙燁的外科手術基礎非常強，他繼承李傑最多的就是手術的技巧。

趙燁的手術技巧雖然比不上李傑，可也算是一流水準，在眼前這台手術上，趙燁完美地展現了他的手術技術。

患者癌細胞擴散的程度遠比想像的厲害，很多時候現代醫學科技並不是那麼好用，趙燁在完成了肝臟腫瘤的切除後才發現，這患者癌細胞擴散的程度很嚴重，遠比想像的要大得多。

手術中出現一些小意外並沒什麼，趙燁繼續進行手術，將那些意料之外的癌細胞都給清除掉。

對於那些少量的轉移，趙燁只做了部分清除，其餘的交給新型藥物就行了。現在要進行的是第二步，肺部腫瘤的切除。

同肝腫瘤切除一樣，如果獨立出來，也能算是一台大型手術了。

根據術前檢查，患者的肺部腫瘤轉移在肺左葉，位置很明確，手術找起來也很簡單。

爲了保持刀的鋒利，趙燁的手術刀已經換了好幾把，此刻手術已經進行了一個多小時，趙煒在體力上沒有什麼問題，依舊精力充沛。

如果是單純的肺癌，應該將全肺切除，可全肺切除顯然不適合這位患者，因爲他不怕殘留癌細胞。

所以趙煒在切除腫瘤的時候輕鬆了許多，他只要盡可能地切除肉眼可見的癌變。

整個手術過程中，趙煒猶如一台機器不停地忙碌著，將上、下葉間胸膜結紮，然後切斷舌段動脈。

肺部手術趙煒打算進行肺段切除術，每一肺段有獨立的一組支氣管、動脈以及和鄰段共有的段間靜脈。如按其解剖部位切除，可不致損傷其他肺段，因此，對患者眼前這種情況，如果是局部的良性病變，進行肺段切除可以保存盡可能多的正常肺組織。肺段切除最常用的適應症是支氣管擴張症，過去曾大量應用於肺結核，像趙煒如此應用還非常少見。

每個肺段切除的步驟都大致相同。首先，辨認肺段動脈，將其切斷、結紮，然後在肺段動脈附近找到肺段支氣管，用止血鉗輕夾吹脹，即可確定鉗夾部位是否準確。在支氣管附近，找到段間靜脈，結紮、切斷……

做慣了大手術的趙煒，在這樣的小手術中並沒有什麼東西能讓他覺得困難，趙煒更是邀請第一助手譚鑫與他一起手術，以縮短時間。

譚鑫一直想跟趙燁學點什麼，在手術中目不轉睛地盯著趙燁，原本他覺得趙燁只是比較熟練而已，並沒有什麼特別，可當他與趙燁一起動手的時候，他才發現自己完全跟不上對方的速度。

其實不僅是譚鑫有這種感覺，手術室其他人，諸如麻醉師、器械護士都有種力不從心的感覺。

手術中唯一清閒的就是秦嵐了，她拿著ＤＶ不停地拍攝著，雖然她根本看不懂手術。

時間漸漸流逝，手術進行了一多半，肝臟腫瘤切除，肺部腫瘤切除，結腸段切除。

整個手術中，趙燁的速度幾乎恒定不變，在這種極度耗費體力精力的大型手術做到這點很難。

雖然趙燁的速度非常快，然而這種聯合手術太複雜，手術轉眼已經進行了六個小時。除了趙燁，其他人的體力都已經達到了極限，他們也不管那麼多了，紛紛弄了凳子坐下休息。

趙燁對此沒有什麼意見，他所能做的只有管住自己，端正自己的態度，全心全意手術。

此刻他的體力其實也到了極限，手術算得上是少數的體力與腦力的雙重勞動，雖然看似沒什麼，實際上非常累人。

還好手術已經接近尾聲了，趙燁閉上眼睛，昨天夜裏看過的影像資料再次浮現在腦海中，肝臟、肺臟、結腸……

擁有大量癌變的器官都經過了手術處理，整個手術過程堪稱癌症切除的典範，每一刀彷彿都經過仔細計算過，絕對不會有多餘的損傷。腫瘤細胞切除也算乾淨，術後結和研發的藥物，趙燁有非常大的把握把這個患者體內的癌細胞清除乾淨。

但是現在的問題不是癌細胞，最大的難題在於對患者身體的損傷。人的生命是很脆弱的，在內臟因爲癌細胞入侵被大部分切除以後，患者身體受到的損傷很大，能不能再次醒來完全不是術者決定的。

儘管趙燁很用心的手術，儘量保留了患者的內臟，儘量降低手術帶來的傷害，這手術結果依然只能是盡人事聽天命。

現在手術接近了尾聲，整個過程趙燁沒有犯絲毫錯誤，他不但將癌細胞切除得非常乾淨，對於組織的損傷也很小，堪稱完美的手術！

趙燁對於患者清醒很有信心，他甚至在盤算手術後應該給予患者什麼樣的藥物，多放些補元氣的中藥是不是可以讓他恢復快點。

然而就在他準備將患者身體縫合，即將完成整個手術的時候，他突然發現患者心包部分有些不對。

那是一個非常細微的變化，如果不認真看根本看不出來。趙燁發現也是偶然，因為他發現患者心跳節律並不是那麼規律，又仔細觀察後，他發現原來癌細胞已經擴散到了心包。

看趙燁突然停止了手術，譚鑫疑惑地問道：「怎麼了？」

「準備開胸吧，心臟附近也有癌細胞。」

「開胸？」譚鑫不由得驚呼道。術前的計畫中並沒有開胸這一個項，這完全是趙燁在手術中臨時添加的。

手術中最忌諱這種臨時的舉動，因為沒有絲毫準備，沒有各種檢查的支援，手術中很多情況都不知道，這對術者的要求實在太高了。

「準備好開胸！」趙燁再一次強調道。

在手術室，主刀醫生就是權威，任何人都不能質疑，因為這台手術是由他負責的，在這個時間段，即使是院長也不能改變他的決定。

譚鑫有些無奈，他知道自己無法改變趙燁的決定，於是只能默默地配合他。

在一邊拿著ＤＶ的秦嵐原本已經有些疲倦，可她一聽到開胸兩個字的時候，立刻又變得興奮起來。

那對因爲長時間舉著DV而變得疲疼的胳膊也再次充滿了力量，DV在換了不知道第幾塊電池後，再次開始錄製手術畫面。

標準的體外循環胸骨正中切口，切口起自胸骨切跡稍下，達劍突下約五釐米。隨後沿正中用電刀切開胸骨骨膜，分離胸骨切跡達胸骨後，然後解剖劍突及分離胸骨後間隙，切除劍突後，用電動鋸沿中線將胸骨縱行鋸開。

快速用骨蠟止住胸骨出血，隨後切開心包上達升主動脈反折部，下達膈肌，切口銜向兩側各切一側口擴大手術視野，之後將心包切緣縫合於雙側胸骨外的軟組織，用撐開器撐開胸骨，顯出心臟。

一切都是那麼順利，趙燁讓人們充滿了信心，完全不再擔心這手術中的突然之舉，然而在患者心臟完全暴露出來的時候，卻發現了一個極大的問題。

甚至連趙燁都覺得運氣不佳，他發現癌細胞擴散到了心臟，外科手術徹底切除心臟惡性腫瘤原本就是一項極困難的技術，不知道多少頂尖心胸外科醫生對此望而卻步。

其中最難的莫過於左心房的惡性腫瘤生長於心臟後壁或頂部，這樣的手術視野非常小，給手術帶來極大難度。

唯一的解決辦法就是用原位自體心臟移植，所謂的自體移植可以簡單理解爲，將心臟摘下，然後對其進行處理，之後再將心臟放回患者的胸腔裏。

聽起來很簡單，實際上整個手術的難度大得驚人！

第一助手譚鑫在這個恒溫的手術室裏汗如雨下，護士多次幫忙擦汗還是不能讓這位副主任醫生有絲毫的改善。

「要不要我去換一個心胸外科的專家來？」

「不必，我們自己進行心臟自體移植！」

趙燁信心十足，心胸外科是李傑最擅長的項目，作爲李傑的弟子，趙燁當然也不會差。

對於這種突如其來的狀況，趙燁有種感覺，他覺得這是他最後的一個坎，只要邁過了這個坎，手術必定會成功。

近乎於迷信的強烈感覺，卻讓趙燁深信不疑，他覺得自己只要經受住了這個考驗，患者一定能夠活下來，抗癌藥物也能起到應有的作用。

面對困難，趙燁從來不會害怕，面對突發事件也一樣臨危不懼。強大的自信並不是盲目而毫無根據的，而是建立在無與倫比的技術上。

趙燁的手術最終完成得很圓滿，在縫合完皮膚後，趙燁才鬆了一口氣，雖然患者依舊在昏迷中，但畢竟成功地走下了手術台，並且在手術中完成了心臟自體移植。

僅僅是一台心臟自體移植術，在長天大學附屬醫院就算史無前例了，趙燁更是在完成了其他幾個部位的腫瘤切除後，進行了心臟自體移植手術。

當手術完成以後，很多醫生才發現自己錯過了一台相當精彩的手術，不由得懊悔不已。當他們聽說有實習醫生做了錄影時，紛紛跑去找秦嵐，可這個實習醫生卻突然請假走了。

就連趙燁都不知道她是怎麼回事，對於這位實習醫生的離開，趙燁沒什麼感覺，唯一的記憶就是在手術結束以後，秦嵐摘掉大口罩與手術帽，大口大口地吸氣說：「真是憋死人了，對了，哪裏有水，我渴了。」

趙燁經驗豐富，自然知道手術過程的艱辛，站幾個小時或許還不算什麼，被口罩弄得呼吸困難更是小意思，最難以忍受的就是口渴。

趙燁直接從手術室外面的更衣室裏拿出一瓶飲料遞給秦嵐，笑著說道：「今天算是見識到了真正的手術，知道當醫生的辛苦了吧。」

「的確辛苦，但幹哪個行業不辛苦呢？」秦嵐完全不顧淑女的形象，一口氣喝了半瓶。

「可是辛苦又不賺錢的行業可不多，特別是醫生這個職業。辛辛苦苦讀完大學，或者研究生、博士，又得到了什麼？這些不是我說的，多半醫生都這麼說，或許是壓力太大了吧！」趙燁笑了笑，自己也拿了一瓶水喝了起來，這手術的確太漫長了，趙燁雖然年紀輕，也有些吃不消。

秦嵐似乎並不同意趙燁的話，淡淡地說道：「每個行業都不好幹，只要做好了，在什麼地方都能發光，你當醫生不是很好嗎，地位、名譽、金錢，不都在眼前嗎？」

「我沒看到那麼多，起碼我現在看到的是黑暗多過光明，我只是想解決眼前的問題！」

「對了，我說過要給你一份特殊的獎勵，你想知道是什麼嗎？」

「不想知道，如果你的獎勵只是給我一個吻，那就來吧……我趕時間。」趙燁總是改不了喜歡開玩笑的習慣。

秦嵐也很大方，竟然真的走到趙燁身邊，趁著趙燁發呆的時候給了他一個吻，很輕的一個吻，彷彿微風吹過。

「這個是今天的額外獎勵，特殊獎勵還在後面，很快你會知道的！」

秦嵐歡快地溜走了，趙燁這才發現最近運氣不佳，總是遇到女流氓，竟然被個學妹親了一口而毫無反抗之力。

請續看《醫拯天下》之五　黑心醫藥

醫拯天下 之四 白色巨塔

作者：趙奪
發行人：陳曉林
出版所：風雲時代出版股份有限公司
地址：105台北市民生東路五段178號7樓之3
風雲書網：http://www.eastbooks.com.tw
官方部落格：http://eastbooks.pixnet.net/blog
Facebook：http://www.facebook.com/h7560949
信箱：h7560949@ms15.hinet.net
郵撥帳號：12043291
服務專線：(02)27560949
傳真專線：(02)27653799
執行主編：劉宇青
美術編輯：吳宗潔

法律顧問：永然法律事務所 李永然律師
北辰著作權事務所 蕭雄淋律師

版權授權：蔡雷平
初版日期：2015年1月
初版二刷：2015年1月20日
ISBN：978-986-352-109-9

總 經 銷：成信文化事業股份有限公司
地　　址：新北市新店區中正路四維巷二弄2號4樓
電　　話：(02)2219-2080

行政院新聞局局版台業字第3595號 營利事業統一編號22759935

定價：280元　特惠價：199元

國家圖書館出版品預行編目資料

醫拯天下 / 趙奪著. -- 初版. -- 台北市：風雲時代，
2014.11-冊；　公分

ISBN 978-986-352-109-9 (第4冊：平裝). --

857.7　　103020592